MOI, J'AIME PAS LA MER

Du même auteur

Le Petit Caillou, Robert Laffont, 1963.
Des dimanches et des dimanches, Robert Laffont, 1965.
Aux lèvres pour que j'aie moins soif, Robert Laffont/Tchou, 1968.
Soleils, poèmes, Nadeaux, 1968.
Moi, j'aime pas la mer, Balland, 1969.
Elle lui dirait dans l'île, Robert Laffont, 1970.
Écoute, Gallimard, 1972.
Et alors les morts pleureront, Gallimard, 1974.
L'Écrivain, ou la sixième roue du carrosse, Julliard, 1975.
Le Temps usé, Balland, 1976.
La Natte coupée, Grasset, 1982 (prix des Libraires 1983).
Zut, on a encore oublié Madame Freud…, Jean-Claude Lattès, 1985.
Mouche-toi, Cléopâtre, Jean-Claude Lattès, 1986.
La Vie exemplaire de Rita Capuchon, Jean-Claude Lattès, 1988.
Chéri, tu viens pour la photo, Jean-Claude Lattès, 1990.
Attends-moi, Grasset, 1993 (prix des Libraire 1993).
Désolée, mais ça ne se fait pas, Plon, 1995.
Maman, je veux pas être empereur, Albin Michel, 2000.
Regarde, nos chemins se sont fermés, Albin Michel, 2002.
Danielle Mitterand, la petite fille qui voulait être Antigone, Ramsay, 2006.

Françoise Xenakis

MOI, J'AIME PAS LA MER

roman

Ramsay

Pour Iani †.
Pour Mâkhi.

Depuis des heures, je rame.

Depuis des heures, je rêve.

Toute la troupe est là. C'est le final.

Groupés. Unis en un même mouvement. Têtes jointes en un seul regard.

Corolles sur corolles épanouies.

Rigueur. Beauté.

Depuis des heures, je rame, depuis des heures me dessine ce fabuleux ballet et m'affole d'envie :

UN BARIL DE HARENGS SAURS.

Une salade de harengs dans une maie de cerisier, battant entrouvert… de mon enfance enfin oubliée, seul ce parfum demeure… Les galops vers la maison du garde champêtre et ces assiettées avalées, englouties et le goût que je léchais sur mes lèvres avant de rentrer prendre un yogourt au lait écrémé de mon petit goûter de fillette jaune et fragile du foie, chroniquement nourrie de purée-jambon.

La prochaine fois que l'on accoste à un village c'est trois harengs d'un coup que je mangerai. Mêlés à des pommes de terre et recouverts d'oignons violets.

Si on accoste. Parce que cette fois, c'est mal parti.

Le soleil est déjà bas, les vagues de plus en plus fortes et nous sommes au large.

Au grand large.

Vingt ans, vingt ans que nous faisons le tour de cette île (cent quatre-vingt-trois kilomètres du nord au sud. Aller-retour cent quatre-vingt-trois multiplié par deux), à la rame avec un petit kayak en toile.

Depuis vingt ans, nous avons dû changer assez souvent de bateau, mais le principe demeure.

Un s'est brisé sur les rochers, un autre avait la peau si collée à ses bois que nous l'avons enterré sous des caroubiers, un autre, encore, a été écrasé par grande houle dans la cale du vieux paquebot qui nous ramenait vers le continent et de gare en gare, depuis cinq ans, un autre poursuit sa vie de paquet et n'est pas encore rentré à la maison. Un autre, tout monté, nous attend, seul, sur l'île d'Amorgos.

Et puis, un enfant nous est venu et puis un chien et nous faisons maintenant le tour de l'île avec deux petits kayaks. Un pour le matériel relié par une grosse corde à celui réservé aux vivants. Celui-là est doté d'une toile de pont, pensée, conçue par le Maître et réalisée rien que pour nous.

Trois trous d'homme et un trou de chien.

Monstrueux pot de confiture quadricéphale.

Parfois on me met dans le bateau à matériel avec la casserole, les lignes, les voiles…

Quand je suis trop odieuse.

Parce que, moi, j'aime pas la mer et que parfois je le dis très fort.

Ça y est. Une fois de plus nous nous sommes retournés. Il hurle qu'il faut redresser le bateau, le mettre droit, attendre la vague et partir avec de toutes ses forces pour essayer d'arriver aux cailloux et s'y retenir.

Quoi encore ? Et ces vagues, milliers de camions-bennes chargés de galets mêlés à de la ferraille et déversés là, juste à l'orée de mon oreille.

Il m'engueule, je suis trop de biais.

Cinquante kilos, un mètre cinquante-trois qui n'a toujours été que quarante-neuf contre une mer qui tape le long d'une plage qui fait plus d'un kilomètre de long. Je ne sais pas s'il y a une résistance quelconque et si elle peut se calculer avec ces données-là, mais ça résiste et cette fois nous allons y laisser la…

Couverts par une vague qui insiste, dure, lourde, assez solide pour arracher nos doigts cramponnés à la coque. Je ne les vois plus. M'affole.

La vague s'éteint et déjà une autre se forme, se joint à une autre et un énorme rouleau s'avance.

Est-ce que ce n'est pas ça un raz de marée ?

« Papa, Papa, est-ce qu'il y a du danger ?

– Mais non voyons.

– Ah bon, alors ça va.

Et avec un sourire l'enfant est roulée, jetée sur les cailloux tranchants puis reprise par le reflux de la vague et rejetée au large.

Il suffirait d'écarter, d'ouvrir un doigt, deux ?

C'est le sursaut. Non. Pas à dix mètres de la côte. Et je veux, debout, lui dire ce que je pense.

Et au sec.

Il rit. Le salaud attendait ma colère, que mes forces se décuplent.

Il rit. Prend son temps, en plus il me trouve belle dans ces moments-là. Vicieux.

Une femme en train de se noyer avec son petit enfant, son chien et son mari.

Et il rit. Volupte autour de moi, plonge sous le bateau. Ses mains sur mes seins.

C'est un comble, nous sommes en train de nous noyer et… Ou alors je me fais peur ? Pour rien ?

Pourtant, on s'est retourné, le bateau est plein d'eau et toutes les trente secondes une vague nous recouvre, sans compter les exceptionnelles et le ressac. Le haut de mon maillot est loin. Jaune en haut d'une crête. L'appareil photo, lui, coule doucement, tournoie, sa lanière crée une petite spirale.

Il tournoie très joliment. Dommage, faisait de jolies photos. Sans parler de son prix.

La mer est notre coffre personnel.

Il hurle. J'ai poussé trop fort. « Brute, tu vas abîmer le bateau. »

Je n'écoute pas. Je nage, je veux mon pot de Nescafé qui coule. Durant des années en vacances, je me disais, si au moins j'avais un café le matin, tout serait plus supportable. Café = confort, mais je n'osais pas avouer cette envie parce que toute envie gastrique est laide « Ma Chère! »

Depuis deux ans, ostensiblement, mon premier achat est un pot de Nescafé et là, maintenant, il fiche le camp et je le veux.

L'enfant est sur la plage. Transie. Soudain affolée, hébétée de fatigue.

Mais, je veux mon pot de café. Je nage si mal que je bois. Je ne sais toujours pas plonger, j'ai peur, mais plonge. Je suis sous l'eau, yeux ouverts. Je l'ai. Le lance sur la plage, il se reçoit sur un caillou : explose.

Jolie rouille sur le sable beige.

« Mon livre, mon livre » – il vitupère : « Laisse les chaussures, le sucre, on s'en fout… « ON. Il me hurle le prix, sûr que je suis incapable d'être sensible à la vraie valeur dudit livre.

Le prix comme si je ne le savais pas. C'est moi qui ai couru des heures pour le lui trouver ce bon dieu de livre.

Je l'ai. Mais sa couverture est gluante, ses cinq cents pages de papier bible lourdes. Il m'échappe. Non.

Œil mauvais. « Madame sauve d'abord son café synthétique. »

Mais pourquoi n'ai-je pas laissé couler son livre ?

Ça fait combien de fois que nous nous trouvons dans cette situation sur cette plage ou une autre ?

Les années se mêlent et ne sont plus qu'une longue suite de morts par noyade, faim, soif, peur.

J'étais toute neuve dans sa vie. Le kayak aussi et il avait droit à toutes ses tendresses. Il devait voyager debout, calé par mon corps. Il pleuvait, pleuvait depuis le matin sur la Simca V totalement décapotée sinon le bateau empaqueté n'aurait pu entrer. Bras tendus, je tenais une toile cirée au-dessus des bois neufs et vernis pour qu'ils ne se mouillent pas.

Trois cents, cinq cents kilomètres ? Soudain, j'ai lâché la toile cirée. « Mais un bateau, un bateau, ça va sur l'eau alors c'est pas la peine de… »

Lui, imperturbable : « Remonte cette toile, veux-tu, l'eau douce fait gonfler les bois et après il sera impossible de le monter. »

Je reprends ma position, mais grogne, suis trempée et cette masse d'eau froide qui se mêle à ma petite mouillure que mon corps arrivait tant bien que mal à chauffer.

« Plus jamais de ma vie, je ne pourrai baisser les bras.

– Cesse de geindre. Tu n'as pas encore l'âge. Et puis, tu devrais chanter, nous partons en vacances avec un bateau tout neuf. Tu ne vois jamais ta chance.

– Oui, mais moi, je n'aime pas la mer…

– Comment peux-tu dire ça ? Tu ne connais que les étangs. »

Dix, douze heures de route… Ne pas s'arrêter. Arriver le plus vite possible à la mer. Trop de pluie pour dormir à la belle étoile… les auberges complètes… les routiers complets : « Monsieur à ct'heure-ci, voyons. » Les dîners-chambres tout compris : complets. « Madame, s'il vous plaît, ma femme est un peu souffrante. » Un peu ! et puis, peut-être tant de fatigue dans nos yeux.

« Essayez chez la veuve… »

Une chambre. Un petit lit de bois pour une personne et demie, un édredon rond, dodu, tremblant un long temps au moindre mouvement. Un vase de nuit tout blanc dans une table de nuit comme il faut que cela soit et dans le tiroir un petit râtelier, quasiment un râtelier de bébé, un broc bleu en émail profond et sur la cheminée encadré : Verdun perdu, Verdun gagné, de toute façon pour rien. Je sais encore l'odeur des rideaux qui entouraient le lit. Une nuit qui laisse souriant des années encore après.

Un autre été, dix, douze heures de route… je pleure de fatigue. J'ai vingt ans et suis un petit peu enceinte.

« Complet, complet, monsieur. » Deux heures du matin… « Ah, si vous voulez, y a la chambre du commis » et moi qui dis oui et la remercie du plus beau sourire qui me reste et ne veux pas sentir la sueur du commis qui imprègne la petite pièce à la lucarne scellée. Ses vêtements de travail, sur une chaise, « il est parti danser, faudra que vous partiez tôt. »

Il veut s'en aller, mais je n'en peux plus alors il se couche par terre pour ne rien toucher, enveloppe sa tête de son lainage pour ne rien sentir et glisse sous sa nuque, vieux truc de révolutionnaire emprisonné, ses chaussures de tennis. Et moi, je me recroqueville sur le coin du lit et ne peux dormir, honteuse de mes gémissements de jeune femme qui nous ont amenés là.

Et puis, il nous a fallu courir contre le temps. Voler trois jours à la route pour les offrir à la mer.

Vinrent les avions.

Les avions et nos bagages de campeurs et le lien en plastique qui retient les casseroles qui se détend toujours a l'orée des portes automatiques de l'aérodrome et les dames pressées, parfumées – « habillées pour » –, qui me poussent du bout de leur attaché-case et de leur *suitcase*, me poussent, moi et mes casseroles, à quatre pattes, incapable de nous recoordonner. Je sais tout des dessous des sacs des dames. Il y a quinze ans, elles les avaient tout rouges du plus grand au plus petit, puis en vernis noir, arrivèrent ensuite les sacs à matelot améliorés. Depuis trois ou quatre ans, elles me poussent avec des bagages marron, constellés de petits dessins jaunes, laids comme tout, mais si chers.

Les avions : nos retours et les hôtesses qui, devant nos cheveux raidis de sel, nos vêtements en loques et nos pieds nus, les hôtesses qui trois, quatre fois exigent la présentation de nos billets, sûres d'avoir découvert des clandestins et qui lasses, outrées, péremptoires mais si dignes nous désignent d'office les sièges arrière, ceux qui ne vous laissent rien ignorer des habitudes intestinales des passagers et qui à leurs yeux semblent être ceux que l'on donne aux munis de « bons de réquisition ».

Ce soir, au chaud d'une maison, une peur qui me remonte du ventre.

Neuf heures de rame sous un soleil de plomb. La fatigue est là, au droit des épaules et la soif qui enflamme la bouche.

« Et puis tiens, tu es trop sotte. Un paquet comme toi, je n'en ai pas besoin. D'ailleurs, tu n'es qu'une virgule dans ma vie. Moi, à tout moment, je peux vivre seul – c'est vrai – et depuis ce matin tu geins et transformes tout ce qui devrait être joies profondes en jérémiades insipides.

Neuf heures que l'on rame avec un bébé de dix mois qui a gazouillé durant six heures, mais qui somnole maintenant d'une façon que moi je trouve alarmante et lui charmante.

« Allez, je t'accoste, il y a un village à deux pas avec sûrement un hôtel à sièges en plastique où tu poseras ton mouillé sur le mouillé des autres et tu mangeras ce que tu aimes avec tes semblables…

On accoste. Mal. On se retourne.

L'enfant… elle flotte entre deux eaux, s'enfonce doucement. Nous plongeons et la ramenons à la surface tenant chacun un pied. Elle a coulé, endormie, un énorme mouchoir dans la bouche et ne s'est réveillée qu'à la surface. Là, elle perçoit une catastrophe… Tous ces objets à la mer et elle dans une position inhabituelle, alors seulement, elle hurle.

Ce regard en remontant – le père – si je lui avais donné l'ordre de couler il l'aurait fait, prêt à accepter toute condamnation…

J'aurais dû.

De souche paysanne, loin des mers, longtemps il y eut pour moi un mot lourd de mystère, de soleil, de volupté : « Bouillabaisse ».

« Ah, vous allez à la mer. Ben, vous allez manger de ces bouillabaisses. »

Mon cher, le petit port c'est bien, mais sa bouillabaisse… un paradis et je pèse mon mot, il est trop faible.

« Une bouillabaisse comme celle dont je vous cause, ça devient un péché. »

Etc.

Nous nous sommes quelquefois, grâce à moi, assis devant une bouillabaisse – et maintenant elles se mêlent, des odeurs, des souvenances, de soupe délavée, ornée de quelques arêtes… d'une un jour, épaisse, marron, belle, pas fraîche, c'est sûr ; mais je n'ose le dire, l'ai trop voulue, trop demandée, ne peux que l'aimer. Une autre sur une plage, dans un vrai restaurant… une estrade ensablée, un auvent bleu, des gens propres, lavés, un peu trop même. Quand on revient comme nous de loin, les savonnettes et eaux de toilette vous agressent les naseaux violemment. Un restaurant. Un vrai pour de vrais gens. Les serveurs se faufilent, plaisantent, ont leurs pensionnaires et leurs habitués.

Attente. Attente.

Lui : « S'il ne vient pas dans les prochaines cinq minutes, je m'en vais, je me dois de te le dire.

Moi : Mais attends, tu vois bien qu'il est débordé.

Lui : Tu es toujours du côté des garçons de café. »

Il arrive. Regard plus qu'absent : « Bon, alors ? »

Lui : « Qu'est-ce qu'il y a dans votre bouillabaisse ?

– Ce qu'il y a dans toutes les bouillabaisses, monsieur.

Il est reparti.

Attente. Attente.

Derrière notre table, une petite guérite juchée sur pilotis. Le va-et-vient commence. Les servis et les – aux cafés – commencent la promenade et s'acharnent tous sur le petit crochet de la porte et puis, l'un plus pressé l'arrache et la porte claque, claque, puis ne claque plus, la queue est ininterrompue.

La bouillabaisse arrive. C'est une purée claire tiède. Avec, dans mon assiette, un croûton.

Les tables sont vides, sales. La porte des tinettes bâille de nouveau.

Nous nous levons. La mer est montée. Un chien jaune a pissé sur le kayak, j'essaie bien de dire que non mais c'est tellement visible. Il y a encore des perles jaunes non bues sur la toile de l'avant.

Je rame. Je rame. L'eau entre dans le bateau. Je ne digère pas. Je veux rentrer chez nous au camp. C'est là chez nous. Nous sommes des parias pas nés pour la bouillabaisse. Mais POURQUOI ? et à quel moment ça se décide ces choses-là ?

Et bien sûr, je pleure.

À l'abri dans la tente. Il me console, m'explique que la bouillabaisse, ça n'existe plus. Pourtant, j'aurais bien cru…

Et puis l'enfant, vers ses cinq ans, a eu, elle aussi, des envies de restaurant et de manger « dans des assiettes, des vraies ».

J'ai jubilé. « Puisqu'elle le veut, c'est qu'elle a faim, ça ne peut pas être déjà une petite conne bourgeoise conditionnée. »

« Les envies étouffées, rentrées, elle ne peut pas encore connaître. »

Elle, c'est le rêve bifteck-frites.

« Je veux le menu – tout le menu, pas qu'un plat. » Dure, visage tendu, fourchette en avant, sur la défensive.

Oh, ces lamelles cornées bouillies dans de l'huile et le petit bout de fromage sec qui sent le placard et la pomme vidée de son suc.

Il m'a fallu vingt ans, vingt ans pour admettre que nos poissons cuits bien ou mal entre deux pierres aux flancs d'une montagne, ou dévorés tout crus, seulement dépouillés de leurs écailles sont des bouquets de joie dans la bouche. Ou le boucher miraculeusement rencontré dans un village et les retours, la nuit, yeux lourds de sommeil, et fumées ajoutées à ces débauches de mouton grillé qui tombe toujours de la pierre et que l'on mange toujours encendré. Ces heures pour ramasser les épaves, allumer le feu, chauffer les pierres… et nos fuites parce que dans le noir un morceau de bois résineux malencontreusement posé dans le feu…

À dire vrai le passage du cuit au cru a été pénible.

Cela a commencé à un retour de Japon par un : « Cette année, Mesdames, nous mangerons le poisson cru. »

Je n'ai pas réagi.

Lourde à ce moment-là de déjà plus de quinze ans de vie commune et professionnelle de l'esquive, spécialiste de la feinte « puisque de toute façon c'est pas pour maintenant » j'ai même peut-être (sûrement) opiné de la tête ; pouvant aller sans vergogne depuis longtemps déjà jusqu'à des presque oui ou tout au moins jusqu'à des sourires qui pourraient le laisser penser.

Pas bien digne ? Pas bien courageux ?

Pas très femme responsable, libre, adulte, conséquente, assumée ? Sans doute mais efficace.

Au milieu d'un soir d'août devant un loup à peine sorti de l'eau il m'a fallu faire front.

« Allez cette fois on le mange cru. »

« On va le gâcher », ai-je murmuré, timide.

« Mais non. Au contraire. Ça serait lui faire injure à ce poisson que de le fariner et le friturer. »

Alors moi la campagnarde portée, très portée sur les fromages vins rouges en guise de petits déjeuners et n'ayant rien trouvé de vraiment percutant ai poussé des cris de femme mêlés d'embryons de phrases sur les civilisations très diversifiées, les conditionnements héréditaires et enfin terminé sur les odeuuurrs…

Mon conditionnement héréditaire n'a provoqué qu'une moue méprisante de scientiste.

Objection balayée par le silence.

Quant au poisson cru frais pêché, il n'a pas d'odeur et si je parle ainsi c'est que je ne connais et ne vis que cernée de poissonneries douteuses. Alors je me bloque. Très jeune femme « tout mais pas ça ».

Et me sens soudain très « jeune Française civilisée ». Moi.

Ce drapeau dans lequel je m'enroule m'enrobe dès que l'on m'agresse, quand saurai-je ne plus ?

« Non je n'en mangerai pas et je ne veux pas que MA fille en goûte. »

« Non c'est non. »

« Non. »

Alors, alors je suis une petite bourgeoise française qui transmet mes tabous catholiques à ma fille qui me rappelle-t-il est aussi la sienne et à qui d'ailleurs il en fera avaler de gré ou de force et ne connaissant que le poisson sûr du vendredi j'ose parler, généraliser et conditionner un petit être encore neuf ; et fière de mes ignorances ose ainsi tout ramener à mon niveau qui est un des plus bas qu'il lui ait été donné de fréquenter...

Française c'est moi qui l'ai avancé. Bon.

Mais catholique. Non.

Dieu merci c'est fini depuis longtemps.

À jamais guérie.

Trop bien loupée dans mon enfance par les préposés à ladite religion pour désirer reconsidérer le problème.

Et ce soir-là, le loup fut coupé en trois parts et tandis que lui ostensiblement mangeait sa portion crue broyant volontairement et avec bruit, arêtes, peaux, chairs et croquants, je m'échinais, m'époumonais à souffler sur du bois mouillé pour cuire les deux autres parts.

Et puis vint un voyage au Japon pour nous trois et la découverte de ces plateaux chargés de fleurs que l'on porte à la bouche et qui sont de fabuleuses corolles de poisson cru.

L'enfant en voulait dans le train à quatre cents à l'heure et à cinq heures du matin réclamait son petit panier de poissons. Servis par des japonais blonds aux yeux chirurgicalement ronds entourés de japonais habillés eux aussi d'yeux ronds et qui mangeaient des steaks Rossini et du ris de veau à la Flamande.

« Vous avez perdu dix ans Mesdames grâce à votre côté timoré... »

L'adolescente ergote (elle adore) que ça n'est pas le même poisson... que l'ambiance...

Mais elle a toujours sa bouteille de soja dans son sac à dos.

Retirer l'arête du milieu sans faire de la charpie chez une oblade honnête relève de la chirurgie, de la très grande, et avec de la chance et de l'expérience on peut se retrouver avec trois petites boules de chair blanche, grosses chacune comme un quart de petite noix...

Il a trouvé assez vite la parade, quant à la déperdition.

« Eh bien nous ne retirerons plus la peau. D'ailleurs pourquoi la retirer au nom de quoi la déclarer non mangeable d'ailleurs ? Les Japonais font là une faute... »

Voilà. Voilà.

L'enfant est petite. Depuis un moment, elle veut caacaa.

« Enfin, c'est inimaginable, tu ne vas tout de même pas conditionner cette enfant et lui imposer des heures qui ne sont pas les siennes. Accoste. Je te prie.

– Mais il y a du monde sur la plage.

– Et alors ? »

Il grommelle, s'approche.

« Le fond est trop abrupt, on ne pourra pas se poser de front ou alors le dernier rouleau nous retournera…

– Est-ce que tu te fous de moi ? Ne peut-on pas accoster avec ce bateau ? N'est-ce pas justement pour cela que tu veux cette marque-là, parce qu'il peut aller partout ?

– Caacaa. »

Nous nous approchons du bord. À petits coups de rame, de biais pour feinter la vague et voilà qu'un malabar plus que parfait se dresse sur un coude ; c'est un malabar qui sait et regarde les prémices de l'accostage. L'enfant a l'œil fixe. Concentré. C'est urgent. J'aurais compris que l'on recule et aille plus loin, je sens l'incident venir mais on n'a plus le temps, c'est visible.

« Mais monsieur, mettez-la dans le sens de la vague votre boîte à cigares. »

Et le voilà, lui, qui à seize ans apportait encore chaque jour un bouquet à sa demoiselle, lui, qui sait s'il le veut baiser les doigts des dames entre quinze et trente ans avec un raffinement d'où le plaisir de troubler n'est pas absent, lui qui sait aussi, pour celles qui atteignent des âges plus marqués, les leur baiser en leur laissant penser que rien n'est perdu; lui, le petit garçon qui dînait en pantalon de velours et jabot de dentelles, c'est lui qui se dresse là, en primate horrible, épaules en avant: « Vous ne voyez pas que c'est un kayak et qu'une vague rouleau ça se prend... Gras à lard, vous suintez l'huile à salade, l'ambre solaire et le pastis. »

« Paapaa caacaa. »

Il continue, l'autre se déploie lentement, se veut félin, félin enrobé, très enrobé.

« Si vous faisiez du sport au lieu de vous dorer, vous seriez moins con. »

Dans deux minutes, ça va être son poing sur la gueule à moins que l'autre ne le prenne de vitesse. J'ai peur, une peur panique de toutes les scènes violentes et suis prête à toutes les lâchetés pour les éviter.

« S'il te plaît. »

Coup d'œil péremptoire. C'est une histoire d'hommes. Il est prêt à assommer ou se faire assommer.

« Laisse-moi je te prie. Je veux montrer à ce malotru ce que… »

Ledit malotru est debout maintenant, il a rentré son ventre, ses biceps sont comme deux grosses ventouses surajoutées à ses bras. Il prend son élan, s'appuie sur un pied, se balance, hésite, ne sait pas encore sur quel pied il va se lancer à l'assaut.

« Mais c'est vrai que tu n'avais qu'à le mettre dans le sens de la vague ton suppositoire. »

(Je suis horrible.) Si j'avais dit cigare, c'est moi qui l'aurais eue la gifle. Suppositoire, il est surpris, la colère se reporte sur moi mais déjà essoufflée, il a eu le temps de reprendre haleine, l'envie de taper s'est éloignée… Mais c'est l'autre maintenant qui a des démangeaisons dans les membres supérieurs.

Ça s'arrangerait si le Maître disait : « Allez, je gare mon cigare et on va prendre un pastis quelque part. »

Oui, mais le Maître ne boit pas de pastis quelque part.

Alors moi, derrière son dos, je souris et je fais « chut » mutine au gros monsieur.

Étonnement dans les yeux du molosse. Je l'entends penser.

« Est-ce qu'il est malade ? Pas normal ? En tout cas la petite dame me le demande. Alors, j'écrase.

J'ai fait passer le Maître pour un cul-de-jatte, un manchot, un unijambiste à la prothèse fabuleusement bien faite. Tant pis. Mais il n'y aura pas de bagarre. Je me demande jusqu'où je pourrai aller pour en éviter une et cette peur qui me noue les entrailles depuis toujours au moindre affrontement. (Ça vient sûrement de votre enfance, Madame. Sûrement, Docteur.)

L'œil noir, il fait virer le bateau. La petite ne dit plus rien. Plus envie ? Trop tard ? Il faut repartir, vite, très vite. Que le demi-tour soit impeccable, que les mouvements de rames soient synchrones.

Ce qu'il rame bien et les beaux muscles longs sous la peau élastique ! mais l'autre avec ses masses de forgeron l'aurait brisé. Peut-être pas, une musculature longue, c'est rapide…

Une vague de plein fouet, on l'a mal prise. Eau de partout. C'est ma faute. Il paraît que je rame à contretemps, que je coupe le mouvement et qu'ainsi la vague se casse sur nous. Sale type. Juste quand je le trouvais beau et que je venais de le sauver d'une mort laide.

« Dis donc, pourquoi il s'est arrêté le type ? Tu n'as rien dit, rien fait ? »

Regard pur. « Tu m'as entendu dire quelque chose ? Tu sais, les gros, ça se déballonne souvent. Non, il a dû avoir peur de toi ?

– Tu crois ? »

Ô Homme.

Cette année nous ramons.

Ramons.

L'enfant n'est plus un bébé.

Le soir nous bivouaquons.

Nous allons battre tous les records. En quinze jours, nous allons faire le tour de l'île.

Huit jours maintenant que nous tentons le record.

Les pâtes se sont imprégnées d'eau à stagner en permanence dans le bateau, avons perdu le pain, avons mis les morceaux de sucre fondus dans une bouteille, y versons un peu d'eau pour nous faire du sirop et nous nous nourrissons ainsi… et implacablement mourrons de faim…

La mer est calme. Ramons depuis l'aube. Il va être quatre heures. N'avons rien vu, pas un bateau, pas une crique, pas un chemin assez large pour mener à un village. Il chante, il est le maître de la mer et nous l'offre, rien que pour nous, les seuls objets de chair qu'il aime et puis là, au détour d'une pointe, une baie noire de monde et en rang, à notre hauteur, une trentaine de voiliers apprenant à faire la manœuvre.

« Cordage à bâbord, bâbord nom de dieu. » Il est là le moniteur, pectoraux huilés, arc-boutés à l'avantageuse dans son petit youyou. De ses deux mains, il tient le porte-voix. Il se faufile entre les voiliers apprentis (qui le dirige ?)

« Déroulez le foc, enroulez la misaine. »

« La misaine. »

« Et moi, moi monsieur, comment qu'elle est ma voile, et moi et moi, vous me dites jamais rien. »

Rouges, bruns, cloqués, boutonneux, beaux, belles, ils peinent, espèrent un merveilleux « eh, eh, c'est pas mal ça mon petit », rien que pour eux, yeux mordorés du capitaine rivés aux leurs…

« Allez, c'est fini, on rentre. Si demain on a le temps, on ira en mer, au large. »

Treize jours qu'ils apprennent à plier, déplier les voiles, les descendre, les remonter. Ils sont là pour quinze jours.

On accoste. Il faut trouver du pain et de l'eau. Même lui le dit. Le Maître assis sur le haut bout de son kayak, les jambes noires d'écorchures, le dos à vif de coups de soleil répétés, le visage buriné, les cheveux sans couleur, raidis, tendus vers le ciel. Hiératique fait accoster son bateau, nez pincé, ça sent tout ce qu'il exècre.

« Ne bougez pas encore. »

Mais ses femmes sautent.

Terre.

Terre.

Empêtrée entre la bouée que mes seins refusent de supporter et font remonter systématiquement jusqu'à mon menton et ma jupette qui doit se souder à la toile de pont, je me prends les pieds dans la ficelle du gouvernail et loupe mon arrivée. Froncement de sourcils du Maître qui tient, plus que tout, à la pureté des accostages.

Nous sommes sur la plage. Enjambons des corps.

« Cette année, le service est nul. L'année dernière, le soir, les garçons étaient en veste blanche. Bientôt ils seront complètement nus. Ce qu'ils ont ou rien… c'est même gênant quand ils se penchent et puis c'est sale… »

« Et puis, l'après-midi, on pouvait s'asseoir aux tables. Ici, c'est défendu. »

« Le sable est moins fin, y a des bouts de verre, y pourraient ratisser. Et ça fait trois dîners sans viande… Poisson, poisson d'accord mais avec ce qu'on paie… »

« M'mamman, j'ai faim Maman. »

Presque tous portent au cou des colliers. Surtout les hommes.

Perles noires, violettes, vertes, en bois me semble-t-il.

« M'mamman, M'maman, je voudrais un collier. »

M'adresse à un monsieur qui d'après les cercles qu'il a autour du cou est un gradé.

« Pardon, monsieur, savez-vous où je pourrais trouver un peu de nourriture? Nous avons été bloqués par la tempête… petit bateau…

– Combien de mètres votre cotre? »

– Mon quoi? Oh c'est un petit kayak à rames avec une petite voile… »

La paupière tombe sur l'œil, la bouche rejoint le menton qui est assez important, il se détourne. Je ne suis pas une yacht-woman mais une fauchée ou une folle qui rame avec une petite cuillère à moka dans la mer. (Je pense la même chose que vous, monsieur.) Il ajoute pourtant: « Le restaurant est fermé. Voyez au Zoum Zoum, mais vous n'avez pas de perles, ça m'étonnerait que l'on vous y… »

« Pardon, madame, le Zoum Zoum? »

« C'est tout simple… L'allée des Indiens mais d'abord vous coupez vers l'allée des

Castors, mais pas jusqu'au bout, c'est par là, vous verrez. »

Une radio brame à pleins poumons. Une radio, ça me ravit soudain. J'écoute tout, je trouve du talent aux chanteurs, plus, du génie. Je suis parmi des humains, j'aime les humains et ça me rend conciliante, bonne.

Un monsieur passe. « Miam miam, quel joli bronzage et ça a l'air partout, partout… Ce soir au Bambou ? »

Regard filé, coulé.

« M'maman qu'est-ce que c'est le Bambou y a peut-être des grenadines ? J'en voudrais. »

Sûrement qu'il y a des grenadines au Bambou et sûr aussi que je ferai recette avec mon bronzage. Depuis vingt ans, c'est moi qui détiens le record du plus beau bronzage intégral de l'île et peut-être même des autres îles. On m'a même demandé un jour comment je me décrêpais les cheveux.

« Au Bambou. »

Nous y entrons.

« S'il vous plaît, une, deux, trois, grenadines. Sommes perdues, avons pris l'allée des Acacias pour celle des Castors. » (Ça y est, j'ai une diarrhée verbale.) Il a raison, l'essentiel, le strict mot au soleil est suffisant et pourtant je suis prête à raconter ma vie à ce bellâtre nu derrière un comptoir bien sûr tahitien, colmaté avec des réclames d'apéritifs.

« Ah, quand on prend par les Acacias, faut remonter tous les Champs-Élysées avant ça, oui... Moi je suis plus de service... c'est fermé... Et puis ici, c'est que les boissons alcoolisées. »

« Le Zoum Zoum, madame ? »

« Mais non, me répond la dame une casserole à la main, c'est pas là. » Ça a l'air d'être de la cire à épiler fondue.

Me coucher sur une table de massage, me faire masser, épiler, maquiller, poser des faux cils. Je le ferai cet hiver, ils feront essuie-glace à l'intérieur de mes lunettes que je mets avant même de me laver les dents. M'entendre dire « comme votre peau est lisse, madame, et avec nos produits, quel grain elle aurait, bien sûr il faudrait venir régulièrement, et ces ongles, mais ils sont nés pour la manucure. Esteeelle, vous ferez une manucure à Madame. Gentiaane vous conduira. » Sourires empaquetés.

N'empêche qu'une vraie épilation des jambes m'est plus que nécessaire, j'ai l'air d'un mâle pour film italien. Il paraît que non, que c'est joli, excitant, doux et NATUREL.

« Ah non, ici, ça n'ouvre qu'à six heures mais vous avez la Hutte norvégienne. »

« Parce que nous avons un petit bateau et la tempête… »

Ça y est je vais recommencer à me raconter à cette dame qui comme toutes les autres porte un paréo violet mais comme elle doit avoir des difficultés avec ses hanches, elle a inventé un système de bretelles, avec, je dis la vérité, les fixe-chaussettes de son mari.

Ses yeux s'agrandissent. Elle croit que je vais lui demander l'aumône.

Une femme, une enfant à la main qui y va d'un : « Savez-vous où je pourrais trouver un peu de pain ? » Il ne lui manquait plus que cela si c'est ça, les clubs de vacances… mais elle est bonne cette dame, très bonne, elle s'écarte et, tout en pointant sa casserole vers une lointaine direction, me dit d'aller au restaurant que… il y aura peut-être des restes… on ne sait jamais.

Stupide, je recule. Repars vers une autre allée. Encore une autre, sans découvrir le nom. Allées bordées de petits tessons de bouteille artistiquement plantés de biais, mêlés à des petits arceaux cernés de plantes grasses qui ressemblent à de petits artichauts nains, pâlis sous les papiers de chewing-gum qui les recouvrent.

« À la Hutte norvégienne. »

La hutte est ouverte ! Cartes postales, pellicules, biscuits secs, bonbons, petits ours en peluche, coquillages vernis. Tour Eiffel, paréo… et derrière l'édifice une dame, une dame qui s'épile un sourcil, l'œil agrippé à une petite glace et l'oreille soudée à un transistor confidentiel.

« Pardon, madame, savez-vous où je pourrais… pain… petit bateau… tempête… enfant. » Je la montre. Ça y est, j'ai envie de pleurer. Je suis une pauvre femme mal mariée, abandonnée avec un petit et n'ai rien pour le nourrir, si je savais retrouver le chemin des restes, au restaurant… je pleure.

« V'êtes du camp ?

– Non madame, je vous dis… petit bateau… tempête…

– C'est privé ici, moi je peux pas, pas le droit. »

Et alors là je suis sauvée des pleurs. Je me fâche :

« Et la politesse des gens de la mer ? Les sauvetages ? Les bateaux détournés pour tenter d'en sauver un autre, vous avez déjà entendu parler… ? Je veux parler, jusqu'au scandale je le dirai, le crierai, l'écrirai à tous les journaux. » Elle est là, cloisonnée de roseaux, derrière, c'est la mer ; le sait-elle ?

« Moi vous savez, zavez qu'à voir le directeur et…

– Il est où ce qui vous sert de directeur ?

– Ça j'en sais rien, moi je le vois jamais, je suis qu'une vendeuse, moi. »

Une camionnette s'arrête, on en décharge des miches de pain, des bières. J'arrive, prête à tout. Arrogante (les mendiants, ceux qui ont vraiment faim le sont et ont raison).

« Petit bateau… tempête » pour expliquer ma situation, ma nervosité et en avant sur les lois de la mer.

Je dis de très belles choses. Je suis sublime.

Je les entends et les écoute même un petit peu.

« Oh moi, je veux bien vous vendre un pain bien que je n'aie pas le droit. Vous avez des boules ? Non ? alors là, moi je peux rien, un pain – quatre boules, c'est comme ça et je ne suis pas le patron et qu'est-ce que je lui dirai moi si y me manque quatre boules ? Vous avez une licence au moins ?

– Une licence ès lettres ? (Bon dieu que je suis bête.)

– Une licence du club quoi… Non, ben alors, c'est foutu. Vous pouvez même pas acheter des boules dans le camp. Y a pas d'argent en vacances, faut oublier, alors les boules, on les achète chez le directeur en présentant sa licence, le lundi et le vendredi, comme ça on pense plus à l'argent et on croit que tout est gratuit… Vous l'avez dans le dos la petite dame… Allez chialez pas, y a le gardien des pédalos y vend des petits trucs en douce, allez-y de ma part…

– Et c'est où les pédalos ? »

Remarche… J'achète deux paquets de gâteaux secs, deux plaques de chocolat au lait. La moitié de ma vie je donnerais pour un saucisson… Puis l'enfant a voulu une carte postale, un petit âne en peluche avec des paniers rouges en plastique pleins de petits bonbons multicolores et poussiéreux.

« Pour pendre à l'arrière de la voiture ma petite demoiselle.

– On n'a pas de voiture, monsieur. »

Nous revenons vers la plage. Lourdes. Fatiguées.

Je me sens comme d'une autre race mais pas une supérieure.

Nous croisons un terrain de jeux pour enfants. La petite se bloque. Tout y est. C'est un paradis, et ma fille, ma pauvre fille qui n'a que nous depuis des jours et des jours, moi qui joue en rechignant à la marchande avec des petits bouts de coquillages et lui, le père, qui fait bien parfois quelques constructions de sable, mais là, là, des jeux pour enfants, sans que les parents aient à participer. Mais nous n'avons pas de boules, pas de licence, et il en faut pour pénétrer dans l'aire de jeux.

Si elle ne devient pas révolutionnaire après un traumatisme pareil… (c'est à désespérer). En attendant, je la tire, essaie de lui expliquer l'inexplicable et le Maître est là, assis sur le bout de son bateau. Il n'a pas touché terre, il est visible qu'il ne veut pas.

« Et l'eau ? ça n'est pas de l'eau que tu voulais ? »

Je repars, j'ai vu des douches, m'y glisse, emplis une vache et vite en cachette, tire une ficelle pour recevoir une petite ondée d'eau douce et je suis assez bête pour avoir un peu peur, pour être gênée et si on me voyait ?

Nostalgie. Nostalgie physique. Fulgurante qui me fouaille de désir.

Une tonnelle toute bête. Un vieux lilas sous lequel les poules creusent, que l'on chasse et qui reviennent inlassables et le long le doux chuintement d'un balai de genêt qui gratte, caresse, danse, précis, pour mieux accumuler en petits tas les éternelles brindilles.

Ô je voudrais, je voudrais tant être sous cette tonnelle et toujours avec le même mouvement balayer puis m'asseoir dans un vieux fauteuil d'osier qui de son bruit me tiendrait compagnie et attendre la fraîche… je rame à vide.

« Fais attention tu ne sers à rien on dirait que tu balaies. »

Mépris. Mépris.

« Et alors ? »

Presque debout dans le bateau je me retourne.

« En quoi est-ce plus bas de balayer que de ramer ? »

Il est cinq heures. Mûrs pour la dispute politique, sociologique, économique…

C'est moi qui attaque :

« C'est ton éducation… tu as trop porté de casquette d'amiral enfant. »

N'importe quoi.

« Je n'ai jamais porté de casquette d'amiral. »

Même une pauvre imbécillité comme celle-là, il la corrige.

Il croit au perfectionnement des êtres par la parole.

Lui qui ne quête jamais, pas même un sourire, de peur qu'il ne l'aide à monter le chemin qu'il veut faire seul ; lui qui jamais s'il le doit ne va dans le sens de l'autre même si cela lui était bien plus facile, je le pousse, le pique, le harcèle avec ces petits riens qui aussitôt dits me font rougir.

Je m'entends et me tais mais très difficilement, car vraiment je n'aime pas la mer et elle fait sourdre en moi tout ce dont je n'ai pas à être fière.

Je me tais donc, mais il a tout fichu en l'air.

Et j'ai beau me concentrer, yeux fermés, je n'arrive plus à reconstruire la tonnelle, j'ai bien une poule dans l'œil mais elle picore sur du rien et je n'ai plus de fauteuil.

Pleine mer.

« À combien on est d'un pays, Babaa ?

– Oh, vingt-cinq kilomètres, à peu près, ma fille. »

Et voilà une fille de quatre ans, un canot de toile, deux rames en bois, de pas bien bonne qualité et deux adultes à vingt-cinq kilomètres... mais pas le long des côtes, ça serait trop simple. Au large, cap direct. De pointe à pointe. « Sur le trajet des longs courriers », me dit avec fierté celui qui est mon compagnon et chaque été mon patron...

À hauteur des pelures d'oranges et des étrons des premières, deuxièmes classes et ponts de vacanciers.

« Oh, Baba, regarde le gros poisson.

– C'est un dauphin qui joue. »

Un dauphin ? Seul ? Il m'a toujours dit que les dauphins étaient en colonie...

Moi : « Tu es sûr que ça n'est pas un... » Ne pas dire le nom, ne pas effrayer l'enfant, ne pas traumatiser ce cher petit ange, qui veut aller plus près du beau dauphin.

Elle est en palanquin glissant, ses deux petites pattes plus que bronzées, agrippées au rebord, surmontées d'un petit chapeau blanc que nous mouillons inlassablement afin que son sang ne bouille dans sa tête.

« Plus près, Baba. Plus près Baba. »

Alors que mon but est l'autre pointe.

Moi : « Non. Nous n'avons pas le temps.

Lui : Tu ne joues jamais avec l'enfant.

Elle, chipie : Tu ne joues jamais avec moi. »

Cinq heures que nous ramons. Après avoir brûlé, le soleil rougeoie, on est fin août, la nuit viendra vite et cette pointe qui n'approche pas et ces lunettes qui me glissent et me font des marques, mais que je ne quitterai jamais. Je veux guetter ce cap. Le surveille, le contrôle, qu'il ne recule pas pendant que je ne le regarde pas.

Non, je ne joue pas avec l'enfant parce que, à la nuit, nous nous cognerons pour accoster contre des mauvais rochers et que j'ai tout simplement peur et que je ne veux pas ramer la nuit et que la petite aura envie de pipi, puis faim, puis sommeil et que lui, parce qu'il ne trouve pas plus les choses dans le noir que dans le blanc du jour, aura perdu les piquets de la tente et que moi, j'installerai le gaz juste de guingois, là où il y a du vent et que j'inventerai, à coups de planches traînées, un paravent « juste où ça ne sert à rien » et qu'un soir de plus, je jetterai les pâtes, excédée, dans de l'eau qui ne bout pas; et qu'elles se colleront les unes aux autres.

Je sais tout cela et c'est alors que lui m'appellera: sans doute juste au moment où j'aurai laissé tomber la gamelle brûlante dans le sable et que j'essaierai comme une aveugle avec mes paumes d'essuyer le sable agglutiné sur mes spaghettis.

« Laisse tout, laisse tout, viens voir, j'ai découvert une nouvelle étoile, elle n'était pas là hier… »

Non. Le soir, lorsque l'on est sauvé encore pour une fois, je quitte mes lunettes et jamais, jamais, ne vois les nouvelles étoiles qu'il découvre.

Je rame tout droit, tout sec, hargneuse.

D'ailleurs, il n'insiste pas pour aller près du dauphin. Doucement, il caresse le chapeau de la petite pour la faire changer d'avis.

Au bout d'un moment, tandis que les cercles du dauphin se rétrécissent autour de nous, il murmure :

« Dis-moi, où est mon couteau ? »

Voilà. J'avais deviné. C'est un requin. C'est pour cela qu'il n'a pas insisté tout à l'heure pour que nous nous rapprochions. Et d'un coup d'aileron il va nous ouvrir ce misérable petit bateau. Mais l'enfant… elle a le droit de vivre, non ? À quatre ans, ça n'est pas elle qui s'est embringuée dans ce voyage et les requins, ça aime la chair toute fraîche. Il commencera par ses jambes, rien que son petit pied rond qui sortira de la gueule rouge. Horreur. Je rame trop vite à contre-rythme de lui.

« Tes coups ne servent à rien » et moi je hurle qu'ils ne serviront jamais à rien, qu'il faut être fou, malade comme il l'est pour ne pas voir la disproportion de l'entreprise : la taille de la mer, et la grandeur de ma rame, d'ailleurs LUI n'a qu'à se plier à mon rythme.

« Tu es un dangereux malade mental. Nous sommes en danger avec toi. »

Coups de reins agacés du Maître… Une vague dans le bateau.

« Tais-toi, je te prie, ne sois pas basse. »

Ma fille va être dévorée sous mes yeux parce que j'ai accepté que ce fou dirige nos vacances.

Il est bien entendu que le requin ne commencera pas par moi, il mangera d'abord ma fille puis après le déchiquettera, le gaspillera, lui, et moi, je verrai tout et resterai parce que le requin sera repu.

« Tais-toi et rame profond. »

C'est vrai, ce qui compte, c'est s'éloigner. Aller plus vite que le requin.

Si nous arrivons à terre avec tous nos membres, j'ai la peur dans les jambes, je ne vois plus son aileron, il est déjà sous le bateau ? S'il mordait, là, par en dessous ?

S'il avait senti que nous transportons de la petite chair toute neuve ?

Si nous arrivons et si nous accostons donc, je la prends dans mes bras et l'emmène. Plus jamais il ne la verra. C'est un dangereux. Mais moi, moi, j'ai la responsabilité de mon petit.

Arrivons. Courbatus. Dix heures de bateau, les bras raidis à jamais.

Le visage tellement durci par le sel qu'aucune expression ne peut plus s'y lire.

« Tu vois, tu es contente d'avoir fait ça. Tu as battu ton record. Je ne croyais pas que tu y arriverais. Tiens, je vais te dire, tu t'es sublimée… »

Je ne suis pas contente d'avoir fait ça. Je m'en fous :

a) parce que je n'aime pas la mer.

b) que je n'ai pas de record à battre ou à améliorer.

c) que j'ai simplement sauvé ma fille d'une mort atroce, parce que, par lâcheté, je m'étais assise dans ce bateau avec elle, innocente.

d) et de toute façon, il était évident que si le requin m'en laissait le temps, je devais y arriver.

« Si pressée de sortir de ce cigare que ça me donne des forces.

– En tout cas, bravo. Moi, je n'ai pratiquement pas ramé. »

Le salaud. Le salaud.

Il s'est laissé charroyer.

Il rit. Me tape dans le dos : « Brave petit mousse, ça Madame.

– Et le requin ? »

Il rit encore plus fort.

Jamais je ne saurai si c'était un dauphin et qu'il m'a laissé croire le contraire pour me stimuler, partant du principe que je ne fais que des gestes héroïques. Ou bien si c'était un requin et que nous lui avons échappé, ou bien si c'était encore un requin décidé à nous laisser vivre ?

Ce soir, du velours sur le R de mon prénom. La main s'attarde sur mon épaule, descend et joue le long de ma colonne.

« Elle est belle ta maman ce soir. »

Sourire de l'enfant, qui déjà, tellement chatte, fond lorsque l'on dit qu'une femme est belle même si ça n'est pas encore elle. Et puis je suis sa maman aussi. Mais coup de pied rageur au sol : « Pas seulement, ce soir. Elle est toujours belle maman et quand tu dis qu'elle a le popo d'une caissière qui promène sa chaise avec elle, c'est pas vrai… »

Et voilà.

Sourire de lui. Bon dieu les belles dents. Juste un rien, la canine gauche mal rangée, assez pour jouer au vampire quand il se sent jeune. Bel émail.

Évidemment quand il sourit, il est beau, même à la mer, même si ses cheveux collés de sel ressemblent à un champ d'avoine couché, cassé, relevé, recouché par des orages et des grêles successives.

Dans cinq minutes, il va dire : « Ce soir, quand tu dormiras, Maman et moi regarderons les étoiles (jolie formule), si tu trouves la tente vide, n'aie pas peur. »

Non monsieur, des injures, des mépris pour mon non-crawl, des silences chargés et maintenant votre calendrier hormonal vous prie de… NON.

D'ailleurs votre calendrier hormonal, mon cher, ne correspond pas au mien, à la mer.

Moi, à la mer, rien.

« Mais moi aussi, je veux voir les étoiles. Je suis grande et d'ailleurs je sais même mieux les noms qu'ELLE. » Je suis ELLE, l'ennemie, soudain, la rivale à qui on montre les étoiles.

« Et puis, d'ailleurs, le soir, j'ai toujours moins sommeil qu'ELLE. »

C'est vrai.

« Mais oui, pourquoi ne pas lui montrer les étoiles ce soir, c'est tellement mieux qu'au musée de l'Homme et puis, elle dormira plus demain matin… »

Regards assassins de l'homme :

« Merci, merci et d'ailleurs personne ne regardera les étoiles.

– Mais Mamaann, pourquoi y change comme ça ?

– Laisse, il te les montrera ce soir ou demain avant de dormir.

– Oh tu cèdes toujours toi, tu verras moi, quand je sera grande si je cédera quand je sera plus forcée… et puis il avait dit au milieu de la nuit, c'était bien plus drôle.

« Avant de dormir, c'est comme une leçon, au milieu c'est une aventure et moi je veux des aventures. J'en trouverai des pays qu'on connaît pas encore et des gens qu'on sait pas qu'ils existent. Mais toi, tu cèdes à tout, tu trouveras jamais rien. »

C'est vrai.

Mais la mer me rend odieuse. Non, c'est non, et puis d'ailleurs je pense de plus en plus à me séparer de lui, je ne l'aime plus cet homme, alors je peux pas…

Il est triste. Je suis triste. L'enfant boude, triste. Elle aussi.

Plus tard… retient mon bras… murmure :

« Tu as refusé d'aller regarder les étoiles parce que tu as cru que j'étais un mâle engorgé. »

Il le fait exprès d'employer des mots qu'il n'aime pas pour en être choqué et que ce soit ma faute.

« Imbécile, tu sais bien qu'il faut que j'aime pour… »

Douceur, chaleurs, caresse dans son imbécile… sourire… et moi qui connaissais déjà tous les mots de la lettre pour l'avocat dis tout doucement :

« Je veux bien que tu me les apprennes ce soir les étoiles. »

C'est le même homme que ce primate qui me force à faire le tour de cette île dont je connais chaque caillou depuis des années moi, qui n'aime pas la mer.

Comme je les ai jalousées ces jeunes femmes bien rincées, que j'imaginais descendant des perrons d'hôtel, parfaitement coiffées, le petit gilet pour si le… sur l'avant-bras droit et le sac à main blanc coincé dans l'avant-bras gauche…

Je m'en suis raconté des lits aux draps séchés sur l'herbe et remis tout vite sur le matelas.

Vingt jours, trente jours de harcèlement, de chantage.

« Je voudrais aller à l'hôtel, voudrais être propre, être une femme.

– Mais c'est à la mer que tu es propre, que tu es une femme comme j'aime.

Tu es plus belle, quand tu fais les vacances que je veux.

– Non et non, je veux être comme les autres, je te dis, je ne veux pas être plus belle, je veux être dans le rang. »

Une fois, il a cédé, ramé des heures pour aller retenir une chambre, que je me repose la veille du retour. En échange je m'étais engagée à nager plusieurs heures par jour, j'avais promis, sûre que je tricherais. Lui aussi.

Quelle fête je me promettais. Je prendrai un bain de mousse, m'épilerai, puis mettrai une robe propre mais où la trouver ? Je l'achèterai. Il y aurait sûrement plein de boutiques ravissantes et je descendrai, le soir, dans une salle à manger éclairée et puis, et puis, et puis nous sommes arrivés après avoir essuyé une des plus grosses tempêtes que j'aie connues, avons dû vider le bateau sur le quai au milieu des badauds et des égouts et lui crispé qui ne voulait pas ranger son bateau souillé des eaux de grand port, nous avons marché en tirant la peau du bateau sous une haie de sourires pleins de commisération vers une fontaine publique. Il voulait rincer la toile des souillures de la ville avant de la ranger pour onze mois. Alors les dames aux petites gourdes en plastique de ronchonner, elles qui, mine de rien, s'y lavent les cheveux ou y rincent leur culotte : « C'est de l'eau potable, c'est pas pour une toile de bateau ici. »

Mais nous ne parlons, ne comprenons aucune langue et rinçons le bateau. Les nationalités que ces dames, devant notre mutisme et notre physique, nous ont attribuées étaient très intéressantes, mais laissent craindre pour l'avenir du marché commun.

Fini, c'est fini, nous allons voir la chambre.

La chambre qu'il avait retenue n'est plus libre. Il l'avait retenue « à lui », mais c'est « elle » qui s'occupe des chambres, alors…

« Y en a bien une mais c'est bien pour vous dépanner, est-ce que vous mangerez au moins ? Remarquez, faudra pas être exigeant, parce que ce soir y a une noce. » La chambre est derrière. Au rez-de-chaussée. Je souris et dis que ça n'a aucune importance et je caresse, moi qui n'aime pas les chats, le chat qui n'aime pas ça.

Il y a au dîner des truites aux amandes et avant, un potage vichyssois et puis du veau commodore ou pommodore. Lui, il ne descend pas, moi je mange tout, toute la jardinière de légumes que je n'ai jamais aimée et la salade de fruits et la glace supplément.

À vrai dire, après la truite, le cœur n'y est plus, il est là-haut « contre », et si je n'avais pas exigé cet hôtel, on aurait pu rester un jour de plus à la mer, il aurait pêché une pieuvre, je l'aurais cuite avec son encre dans le creux du rocher mêlée à de l'ail sauvage... Pourquoi est-ce toujours après, quand c'est trop tard, que je lui donne raison...

Marchons. Nous marchons parce que la tempête est là depuis des jours. Au détour d'un sentier, contre la chaleur d'un mur blanc, des maçons se reposent. Quelqu'un a choisi de se faire une maison sur ce piton de chèvre. Une maison où il y aura des pièces avec des portes, des fenêtres, des volets, où il pourra se faire le noir quand il sera saoul du soleil. Il marchera pieds nus, sur le dallage, qu'il va choisir en pierre ou en marbre, et de son pied chaud sortira une petite buée et il marchera vers sa douche pleine d'eau douce, il se lavera de tous les sels et de toutes les brûlures de la mer, deux, trois fois, par jour.

Je suis jalouse. Voilà où ces vacances me mènent. Je suis jalouse de tout ce qui a « toit et eau ».

Des géraniums ont déjà fait souche le long du mur. Les hommes sont allongés, chapeaux rabattus. Des tomates, des sardines, des poivrons marinés, longtemps, dans un pot de terre, près d'eux. Des tartines de gros pain, en vrac, comme d'une valise éventrée, éparpillées autour d'eux. Les yeux de l'enfant se rétrécissent, se figent, les miens ne doivent guère mieux valoir…

« Oh, vous mangez avec nous ? C'est midi… asseyez-vous, on en a à jeter… »

Et lui : « Non merci, nous ne mangeons jamais à midi. »

Sourire. Son plus beau… NOUS…

Un dernier regard aux pêches qui ont dû s'écraser dans un dos à la montée… d'une couleur…

« Alors, compris, tu montes sur le rocher et si à la nuit je ne suis pas rentré, tu fais des signaux. Tu es le phare de notre camp, sinon – jeu ? sadisme ? vérité ? – je m'écraserai sur les rochers plus loin si je loupe l'entrée.

– Mais enfin, pourquoi accostons-nous toujours dans des entrées si ridiculement étroites que dès six heures du soir on les loupe ?

– C'est ça notre force, justement, personne d'autre ne peut. »

Personne d'autre ne peut. Ça m'agace. Donnez-moi un port avec les yachts à touche-touche. Je veux pouvoir prêter ma salière (comme si j'en avais une) à mon voisin de droite et écouter la radio de mon voisin de gauche, et même changer de poste si le chanteur ne me plaît pas en avançant juste un peu la main… Je trouve très jolies ces énormes traînées d'immondices colorées qui flottent autour des bateaux dans les ports de plaisance et ces énormes coloquintes en plastique que chacun traîne derrière lui pour retrouver sa ficelle.

Au bout de quarante jours, j'arrive à proférer des insanités plus grosses que ça. Il ne répond pas. N'entend sans doute même pas. Méthodiquement organise son bateau. Les palmes dans un certain angle, toujours le même, le couteau à portée de la main droite. Il aurait dû être caissier ce type-là, ses piles de pièces auraient été magnifiques. Un petit geste excédé : je le fatigue. Il m'entend. C'est toujours ça.

Il est bien évident que dès sept heures du soir, je serai sur le rocher, à l'attendre, à l'aimer. Lui qui par une tempête pas encore calmée est parti parce que j'ai mal calculé mes réserves de provisions et que depuis deux jours nous mangeons, ou plutôt, nous trempons un croûton dur dans de la vinaigrette, le suçons et nous le passons tour à tour.

La petite adore et quand elle veut se faire une fête à la maison, c'est ce qu'elle se prépare.

La nuit est là. L'étoile du berger, la grande ourse, un satellite qui passe en ce moment, vers neuf heures chaque soir, plus blanc, plus rapide, zircon parmi les diamants et LUI n'est pas là, quelle heure peut-il être ?

Dans le noir, les éclats de vagues qui s'engouffrent dans les rochers prennent de l'ampleur, me glacent. Je guette, je guette et le bruit de mon sang et de mon cœur résonne dans mes oreilles, et je crois que ce sont des battements de rame. Des cris, des plaintes. C'est lui. Il s'est cassé sur les rochers, n'a pas vu ma lampe. Je me force à faire le silence en moi à nettoyer ce cri de tout ce qui n'est pas lui... Ce sont les chauves-souris de la grotte qui hurlent... Seules, les vagues maintenant qui s'écrasent sur le goulot de l'entrée. Combien de temps encore. Où est la lampe ? Les chauves-souris recommencent : Souaaze, Souaaze.

Mais comment savent-elles mon nom ? C'est un cauchemar.

Je prends la lampe par terre, je la secoue, qu'elle clignote bon sang... j'appelle, j'appelle. Un petit flop, un autre dans les eaux de la baie. C'est lui.

« Trois quarts d'heure que je fais des allers et retours dans le coin, que je me rabote sur les écueils pour essayer de trouver le goulot, où étais-tu ? Trois quarts d'heure, que je m'époumone !

– Je crois que j'ai dû m'endormir un peu.

– Bravo, même ça, tu ne peux pas le faire, mais à quoi sers-tu ? »

À rien, je me tue à lui dire que je suis un poids mort ici parce que je n'aime pas la mer.

Il est odieux comme toujours quand il est fatigué et qu'il a mal à tous les muscles.

Dernière réflexion amère avant de s'écrouler : « Il y a dix ans, tu ne te serais pas endormie. » C'est vrai, je ne me serais pas endormie, l'angoisse, mon désespoir de veuve m'auraient tenue éveillée : maintenant, la mer me fatigue tellement qu'elle m'endort.

Je nage mal, mais il y a quinze ans, je ne nageais pas du tout et nous nous étions attardés au village et la mer était douteuse alors il avait dit :

« Tu rentreras par les crêtes et si tu arrives avant moi, va à l'avant de la crique et fais des appels avec la lampe électrique, d'accord ? »

J'avais couru sur les crêtes. L'air était chaud, les buissons pleins de bruits, je voulais vite le retrouver. Arrivée la première, j'ai commencé les signaux. Combien de temps ?

La nuit était là, lourde, des heures j'ai fait les signaux, puis j'ai appelé, appelé et soudain il y eut des pas près de moi. Un campeur. En survêtement, impeccable et à sa ceinture la torche électrique qu'il faut avoir, une hachette à la main.

« Ne criez pas comme ça. Ça fait des heures que vous l'appelez. Il ne peut plus rentrer maintenant. La mer est trop forte. Il s'est écrasé quelque part sur les rochers de la passe. On peut dire qu'il l'a cherché. Des marioles comme ça… Demain matin, je prendrai la voiture qu'est garée là-haut et j'irai demander au bateau du phare de chercher s'il trouve quelque chose mais ça m'étonnerait. Mais cessez de hurler son nom comme ça dans la nuit, ça finit par faire peur... Allez, essayez de dormir jusqu'à demain matin. Je vous emmènerai au village. Avec un cassecou comme ça, ça devait vous arriver, y a plusieurs jours que je le vois faire ses acrobaties... Allez, laissez nous dormir maintenant. Il n'y a plus rien à faire. »

J'avais encore dans les vingt ans, vous dans les quarante. Vous projetiez de vous construire une petite maison, je crois, là où vous aviez planté votre tente ; si tout à fait par hasard, vous me lisez, veuillez recevoir mon merci monsieur, mon merci pour votre doux réconfort et le merci aussi à votre dame qui est restée au fond de sa tente de peur de « tomber dans des histoires ». Je me souviens, je ne vous ai rien répondu, la gorge trop nouée, veuillez me pardonner ce silence.

Et puis une voix est venue des terres, une voix à laquelle je n'ai d'abord pas voulu croire. On m'appelait... J'ai couru. Je vous ai oublié. C'était lui. Il revenait par la montagne. Il avait été beaucoup trop loin, avait pris le halo des lumières de la ville pour ma pile… peut-être n'avait-il pu résister à la joie d'être seul et puis s'était souvenu de moi, et n'avait plus retrouvé la passe mais avait entendu mes appels et cela l'avait guidé. Après, il m'a dit qu'il avait aimé cette marche menée par ma voix.

Parfois je revois de loin cet endroit qui était une oasis et qui maintenant est un horrible magma de bungalows, de caravanings, de pavillons avec un énorme merdier en guise de plage devant. Il m'arrive de penser à vous monsieur et je suis bien contente pour vous de ce progrès, il ne doit plus y avoir de casse-cou assez fou pour se mesurer tout seul à la mer, ni de jeune femme pour troubler vos nuits parce que assez sotte pour appeler au milieu des vagues du vent et du ressac l'homme sans qui elle n'était rien.

Je voudrais encore vous dire, afin que moi je n'y pense plus que, si c'était maintenant que cela se produisait, ne restez pas aussi près du bord, perché sur la falaise parce que, sans un mot, mais en vous regardant droit dans les yeux, je vous pousserais monsieur.

C'est l'heure de trouver un endroit pour camper. Là, là c'est joli ; une crique avec du sable.

« Oh Babaaa, du sable.

– Non, mes enfants, je vois la trace d'un sabot. Un sabot égale une vache, une vache un troupeau, donc un berger ou tout au moins un vague chemin tracé, donc du monde et on n'est pas venu ici pour voir du monde, en avant.

– Et là ?

– Non, là, c'est vert. Donc de l'eau et s'il y a de l'eau, une maison pas loin. »

Des kilomètres de falaises à pic.

Lui : « Là, il n'y aura personne. »

Sûr. Qui voudrait ? Il est huit heures, la nuit est là. L'enfant dort recroquevillée sur elle-même. Avec des ficelles, on la tire, on la cale, accrochée à la falaise. On se hisse dans un arbre miraculeusement poussé dans une anfractuosité. Il ajuste une toile : « Juste pour une nuit. Allez, c'est drôle on va bivouaquer. »

Eh bien non, je ne trouve pas ça drôle du tout. Je ne m'amuse pas.

J'ai mal partout. J'en ai marre.

Décidément, ma chère, nous n'avons pas les mêmes théories quant aux vacances.

Non, mon cher, pas du tout, du tout.

Mais qu'est-ce que je fais là ? Quand pourrai-je, en juin, assise bien droite dans un fauteuil, dire calmement, gentiment, la voix bien placée, sans hystérie, sans agressivité mais déterminée : « Cette année, je ne ferai pas ces vacances-là, j'y meurs de peur » ?

Quand ? Jamais ! Et plus jamais, je ne pourrai avoir d'autres vacances, j'étouffe dans les hôtels, je ne supporte pas les plages ambrosolées… Peut-être la petite maison entrevue un jour pour nous tout seuls, avec du petit carreau frais pour poser mes pieds nus au plus fort du midi et de gros volets intérieurs qui laisseraient juste passer un petit rai de lumière. Mais ça, ça relève du délire très avancé.

« Mais voyons, nous sommes des nomades. » Qu'est-ce que je disais…

À l'aube, recroquevillés dans l'arbre et le soleil qui perce rien que pour nous trois. Sait se faire attendre, se couvre d'un nuage, tend quelques rayons pâles, puis d'un coup, écarte ses voiles. L'enfant est muette, elle ne savait pas que le beau pouvait aller jusque-là.

« Un jour, je peindrai ça. »

Un yacht arrive. Moteurs. Odeurs. Rires de femmes. Radios. Compressions de bouteilles.

« Mon vieux, là, à sept mètres, j'ai sorti un congre de douze kilos, parfaitement, douze ! »

« Tu les entends ? Bouteilles, plus fusils, ils massacrent tout. »

Il saute de rocher en rocher, descend son kayak. Ce rapport entre cet énorme bateau lavoir et son fétu.

« Dites-moi, messieurs, c'est défendu ce que vous faites là. »

On se penche, on cherche du haut pont où on ne voit vraiment rien ou on le fait exprès, la main au-dessus des yeux, finalement on perçoit la puce collée à son flanc.

« Qu'est-ce que tu dis, petit ?

– Oh dieu de dieu, où qu'on va… C'est du massacre. Des siècles de faune saccagée pour des fritures orgiaques.

– Ah, intellectuel. Je vois. Eh bien mon cher, les bouteilles, c'est parce que nous faisons des recherches : fouilles romaines, ça vous va ? »

Merci. Dans sa hâblerie, par hasard, il n'a pas dit grecques ! Que ce bouseux fasse semblant de piquer des amphores romaines ça peut aller, mais grecques, ça n'aurait pas été supportable. Il tourne autour du yacht, dérisoire, continue à essayer de leur dire que… Ils n'écoutent plus, font brailler leur radio parce qu'il a parlé de l'intensité du silence de l'endroit.

Je me souviens d'un mauvais film de science-fiction où des monstres mus par des ficelles aussi grosses qu'eux avançaient sur la terre et détruisaient tout, un homme marchait vers eux, bible à la main, sûr que les autres comprendraient qu'ils saccageaient tout et qu'ils s'arrêteraient. Et une grande lumière verte le désagrégeait. Lui et sa vérité. J'ai peur. Je guette la lueur de leurs désintégrateurs. Honteuse d'être une petite bonne femme terrorisée par les gros mais je suis comme ça.

Tempête. Tempête. Deux heures de l'après-midi.

Vents de partout.

Le mistral s'est acoquiné avec la tramontane et il doit y avoir des séquelles du sirocco de la veille.

« Allez on démonte la tente. On monte dans la montagne. On dormira en haut.

Ça sera merveilleux. Je suis sûr qu'au sommet il y a une vallée avec de l'herbe et des fleurs et peut-être de l'eau qui sait un lac et puis de là on dominera. On verra les golfes, l'île… »

À cru dans la montagne.

Je jure, sacre. Mais pourquoi le fais-je ?

Si je disais une bonne fois non.

L'enfant rit.

Lui, on ne le voit plus. De loin en loin un hurlement « Suivez-moi », par où ?

On arrive au sommet. Violets. Le sang à l'orée des oreilles et lui en plus le souffle rauque. Il a porté un sac beaucoup trop lourd et beaucoup trop vite, « mais il n'y a que comme ça que ça vaut la peine. »

Il est malade de fatigue.

Pas moi. Je reprends force beaucoup plus vite.

À vrai dire je suis bien plus solide que lui. Je démarre moins bien mais tiens plus longtemps. « Oui mais toi tu t'économises et c'est laid. »

Nouveau rire de l'enfant.

Pas un plat sur la montagne. Il est cinq heures, le soleil c'est septembre est rouge noir et chauffe mal.

Il essaie de nous persuader de démaquiser le sommet même un tout petit morceau pour poser la tente mais le cœur n'y est pas.

Il ne nous reste plus qu'à nous lancer dans la descente.

De retour au camp le soleil est derrière la montagne. Il fait froid. On se jette à l'eau pour se réhydrater et les égratignures hurlent…

La tente remontée, mal, rompus bras en croix nous nous écroulons. L'enfant murmure, conseille, que l'on emplisse les sacs de cailloux pour le prochain déménagement vers la montagne « comme ça la tente nous attendra en bas ».

Et puis parce que l'atmosphère est basse et que nous nous sommes couchés sans manger et que la vie soudain nous paraît à nous parents un peu dure à supporter, elle prend le relais et propose une bataille de mains.

Jeu aussi naïf aussi stupide pour celui qui regarde que le jeu de bataille.

Elle a inventé ce jeu vers ses deux ans et maintenant seins orgueilleux ce jeu l'enchante encore ou peut-être nous le fait-elle croire ? Ment-elle déjà pour nous ?

Mais trois rires fusent. Vrais.

Des tables joliment dressées, des serveurs aux sourires gentils, vrais. Du soleil, une auberge à la campagne. Nous sommes invités (il n'a pas dit non). J'ai une robe qui me va, des souliers blancs à talons, des bas, des cheveux propres, lisses. Je suis parfaite. Civilisée parmi les civilisés. J'en rajoute même un peu, parce que c'est demain que nous partons pour notre rituel.

Je me saoule d'images, veux profiter de tout.

Les waters, la cuvette est à fleurs, un merveilleux velours bleu sur le couvercle.

S'asseoir, nue, sur cette mousse synthétique… à gauche, des anneaux porteurs de serviettes du même bleu. Si j'en volais une pour m'allonger au soleil ? Les robinets sont de vieux lions dégueuleurs d'eau à l'infini. Quel gâchis… Dans deux jours, j'aurai la peau brûlée, sèche, ne pourrai plus bouger et entre les seins, là où la peau est menue, menue, ce sera cuit… dans deux jours à cette heure-ci, je serai sur mon matelas pneumatique à essayer de trouver une position à mon corps bouilli.

Après combien d'années d'obstination l'ai-je obtenu ce matelas ? Combien de fois acheté en cachette, impitoyablement rejeté par le Maître, repris par moi ou recaché au fond des sacs à dos, une fois même détecté alors qu'enroulé autour de ma taille. J'ai maintenant un matelas pneumatique à boyaux rebondis. L'un me renvoie à l'autre, des ruses pour se tourner. Sinon c'est le sol. Le sol, où lui dort à plat. Heureux. Bien. Prétendant que ses creux et ses bosses y adhèrent parfaitement.

« Alors, c'est demain le départ ? Quelle chance vous avez… Ah c'est pas moi qui… je vous jure bien que si c'était moi… les gens heureux de la terre… on les voit… »

Vite encore un peu de cette galantine qui n'a rien d'extraordinaire mais qui me fera tant de regret dans quelques jours. Mon voisin renvoie sa viande. Elle ne correspond pas tout à fait à l'idée qu'il se faisait, ce jour, du tournedos. Jeté. Un morceau de viande comme ça ! mais ça nous ferait tenir huit jours là où on va.

La dame picore ses fraises. Elle refuse, pousse, d'un petit coup de fourchette, les jugées trop molles.

Quant à celles qui sont retenues, elle les roule, méthodique, un petit coup dans sa réserve de sucre en poudre, un autre dans la chantilly et lorsque de sa main droite elle va monter la cuillère vers sa bouche, de l'autre main, précise, rapide, elle fait couler une petite cuillerée de sirop de groseille chaud dessus. « On vous enverra des colis par l'avion de la Croix-Rouge. Faites des signes sur les rochers, si, je vous assure, c'est sérieux »... Elle se marre... Qu'est-ce qu'elle a comme fraises dans la bouche.

Mais oui c'est sérieux, si vous saviez le nombre de S.O.S. que j'ai tracés sur le sable dans mes rêves éveillés.

Neuf heures de rame... le vent...

« Francette, la voile... »

La voile tirée. Il faut la baisser, mettre le foc. Notre voile n'est justement pas taillée pour le vent quand il souffle dans ce sens-là...

Ce petit cigare de toile fait cinq mètres de long et moi un mètre quarante-neuf. Je suis assise à un bout et l'anneau du foc est évidemment à l'autre bout. Combien de fois un mètre quarante-neuf est-il contenu dans cinq mètres ? Combien de reptations dois-je faire sur ce tube de soixante centimètres de large dans une mer houleuse pour arriver audit anneau ?

« De gauche à droite le filin... »

Le nez dans les vagues, la main avec laquelle je me cramponne m'est nécessaire pour tirer le filin qui est tombé à l'eau, que faire ? Mes lunettes… je me redresse. Le bateau tangue, me recale dans le fond du bateau ; les lattes transversales qui me mortifient les fesses me semblent soudain le confort du confort. Je suis prête à reprendre mes rames.

Finalement, les rames ça a un petit côté terrien, pioche râteau que je connais. Que je contrôle presque.

« Francette, tu as passé le filin de droite à gauche. Ça ne va pas, il va bouler.

– Il va bouler, qu'est-ce que ça veut dire ? Mais bon dieu de bon dieu, peux-tu me dire comment tu le vois ? Quelle est la différence ? »

C'est du sadisme, cet homme est un malade.

Un avocat cette fois, c'est définitif. Il est des lâchetés, des habitudes, des petits conforts trop dangereux. Oui c'est ça, nous sommes, ma fille et moi, en danger avec cet homme-là.

Et la colère me fait me redresser. Ah, le filin a été passé de gauche à droite et non de droite à gauche ou le contraire eh bien on va voir son filin, je vais le lui remettre et ça sera, cinq, six, non sept cent mille francs par mois de pension alimentaire (où les prendra-t-il ?) et avec, je m'achèterai un manteau de léopard. Paarrfaitement et le chapeau en léopard aussi et j'aurai l'air d'une dame et un sac à main en crocodile. La panoplie.

J'ai passé le filin et suis tombée à l'eau parce que soudain, évidemment, le foc a mieux marché et qu'il a tourné, sec. Remontée, assise, je crie que je veux divorcer mais le vent monte, il faut changer de direction.

« C'est ça, mais tu as trop tardé et maintenant on va avoir des difficultés à barrer. »

C'est ma faute.

Et puis, nous n'avons plus été assez jeunes pour nous faire traîner par un torchon. Et un jour, il l'a laissé s'enfoncer dans la mer.

« Torchon », tous ces beaux mots, tous ces « regarde, regarde », chaque fois que ledit torchon s'élevait, s'incurvait, sifflait, claquait. Les voiles d'Ulysse : Torchon.

Alors, on a ramé.

« C'est mieux pour nous. L'effort est mieux réparti, quasi-total, le mouvement part du sexe et va jusqu'au bout des doigts en passant par le dos. »

Et puis vinrent les :

« Tu comprends, nous n'avons plus le temps, il faut aller plus vite que lui. »

Le temps ! Alors, nous nous attachons et à grands coups de reins, tirons le bateau.

Eux tirent, moi je pousse. Rien ne me fera partir de l'arrière du bateau. J'arrive à caler ma tête le long de l'étrave. Je rame des pieds, me secoue, m'étire, pousse, mais la tête calée rêve. Parfois même, tout en poussant, je tricote. Mes envies de tricoter, de ranger les placards, de faire des conserves…

« Tes rêves de mémé, tu te les provoques.

– Pas du tout, je suis une mémé. Une vraie. Ça ne se voit pas du dehors. Mais j'ai le dedans d'une mémé. »

Donc maintenant, nous tirons le bateau. C'est un bateau-malle. Et les hors-bord, les pointus, qui aperçoivent ce fétu vide arrivent à bride abattue, nous font des vagues, excités, ils ont trouvé une épave. Et nos trois têtes dans les remous :

« Mais non, nous ne sommes pas en danger.

– Nous nous amusons.

– Nous nous amusons. »

Déjà, il rêve de compliquer le jeu, d'y ajouter des embûches, faire des volutes à droite, à gauche, attendre que la mer soit grosse et aller contre.

Plus assez jeunes pour la voile. Plus assez jeunes pour ramer. Comment va-t-on voyager de criques en criques, ou plutôt de large en large, de pointe en pointe ? Nous n'avons plus le temps de faire halte. La vieillesse est là, elle arrive, lui la fuit et moi j'ai envie de me laisser rattraper, mieux, j'ai envie de l'attendre.

Je ne sais pas ce qu'on lui a raconté là-dessus, ni ce qu'il en a vu, mais la vieillesse le terrorise. Moi pas. Je suis sûre que c'est doux et gluant et qu'il suffit de se laisser faire et que cela vous prend, vous entoure, vous embétonne doucement. Non, je n'ai pas peur et ça n'est pas en nageant nus, un petit sac en plastique, avec nos numéros minéralogiques, sur le dos – il ne reste plus que cette éventualité – que nous l'éviterons.

« Nous retarderons le moment, et c'est ça qui compte.

– Comme les Hollandais et les polders, maman, s'ils ne s'étaient pas acharnés, les Hollandais, il n'y aurait pas de Hollande et si pas de Hollande, pas de Hollandais. »

La petite pleure, elle qui jamais. Elle a maaalll au cœur, au ventre, elle va vomir. Elle n'a depuis ce matin mangé qu'un morceau de pain trempé dans de l'huile. Elle a somnolé toute la journée. Cette fois, il l'a rendue malade… et moi, moi qui accepte tout. C'est fini.

« Accoste-moi, je te prie. N'importe où. Je veux trouver un village et j'en trouverai un je te l'assure, bien, je mendierai, je volerai mais je lui trouverai quelque chose à manger puisque tu es incapable de prendre un poisson. Il y a des maisons dans la montagne, je les vois, il est quatre heures. Je serai revenue avant la nuit. »

Monter. Il faut que je monte. Pas le temps de chercher le petit chemin tracé par les chèvres au gré de leur fantaisie et de la tendresse des buissons. La ligne droite. S'en tenir à la ligne droite. En plein maquis, en maillot de bain, le soleil baisse et je n'arrive nulle part. Maquis inextricable. Mon sac à dos comme une massue, je l'enfonce dans les buissons, me colle à lui les épaules, les épines se referment sur mon dos, j'aperçois de biais un chemin. Non, continuer ce défonçage. Enfin, les branchages s'écartent, des traces de déchets de village, une route, une grande bâtisse, c'est une école. Sauvée. Des femmes arrivent, un homme et son fusil : « Ah, c'est vous, ces bruits dans les buissons, on a cru au sanglier.

– S'il vous plaît, où est l'épicerie ?

– L'épicerie ? Y en a pas. »

Je vais pleurer. Je pleure.

« Allons la petite dame, faut pas. Vous les pinsuts vous prenez trop de soleil. Ça vous fatigue », et je me raconte… « Eh ben alors, ils sont en bas avec le canot et la petite qui est mal et toi donne le bistek et toi, les pêches et moi du beurre. Je vais vous le mettre dans une boîte en fer et puis le pain, ah, le pain, y va être un peu dur et puis toi, le César, le fainéant, qui joues aux boules tout seul toute la journée – il est en vacances –, il va redescendre avec vous par le chemin des ânes, c'est bien plus court.

Et je redescends avec César. J'ai dit merci, de tout mon cœur. J'ai dit aussi que j'enverrai des cartes postales de Paris, en le disant, j'en étais sûre, et pourtant je ne les enverrai jamais. Et nous marchons et trouvons le chemin, il longe les buissons que j'ai écrasés pour passer. Le chemin est bon. Le maquis, soleil couché, sort tous ses parfums et moi j'ai un bifteck pour notre fille. Et eux qui doivent commencer à me guetter. Et César qui me prend le coude :

« Vous allez tomber. – Tomber, moi ? Quand j'ai les pieds sur le sol, je ne crains rien. – Laissez-moi votre bras la petite dame. Là, on est bien comme ça, non ? »

Qu'est-ce que je vais faire d'un César sentimental ? Qu'est-ce qu'on fait dans ces cas-là ? Sûrement commencer par retirer sa main, doucement, avec un sourire. Là. Et César s'arrête : « Si vous me donnez pas un petit baiser, je ne continue plus. » Pft, un gros baiser sur chaque joue. Il a l'air content César et ben voilà, c'est pas plus dur que ça…

On reprend la marche, on devrait approcher et pourtant, je ne vois pas la baie. Et si César me perdait exprès ? Allons, allons, pas de roman de gare, mais il s'arrête de nouveau :

« Si on… là… tous les deux, y a personne qui le saurait… ça tire pas à conséquence…

– Y a personne qui le saurait et moi monsieur je ne le saurais pas ?

– Ah ben vous alors…

– Et tout le village à qui j'irai le dire demain. Elles m'ont confiée à vous, les femmes là-haut et mon mari… » Là, j'ai eu tort, il se redresse.

« Vot'mari, vot'mari, y vous laisse monter toute seule de presque nuit, alors. Ben, je vous laisse. C'est plus loin, c'est par là. Tout droit.

Et je cours, et j'aperçois une lampe qui vient à mon avance. Il sait que dans le noir, lorsque je marche et que je rencontre des flaques d'air chaud, j'ai de grandes peurs depuis mon enfance d'enfant des bois. Je me jette dans ses bras. Il me flatte l'échine, content de moi. Il aime que je me rebiffe. Il avait en attendant ouvert des oursins et attrapé au fusil un loup qui grillait maintenant sur la braise du feu et la fille qui n'avait plus ni mal au ventre, ni mal au cœur, se construisait une cabane et moi, pendant ce temps-là, j'avais failli être violée par César qui n'avait pas beaucoup insisté et qui peut-être même ne me l'avait proposé que par gentillesse. Par hospitalité ?

Accalmie fugace dans la tempête. Il est cinq heures du matin et il ne trouve pas son crayon ou plutôt quelqu'un lui en a pris la mine et moi je dors… tempête de bruit dans la tente.

« Et puis d'ailleurs, tout le monde à la pêche, ça va être fabuleux. Des congres comme ça, des oblades…

– Mais j'ai eu une insomnie. »

Mes insomnies ne sont pas insomnies ni de toute façon des insomnies comme « ses insomnies ». « Mais non tu dors, tu crois comme ça, mais… »

« Je ne me lèverai pas. Je veux dormir.

– Bravo. Empêche tout le monde de vivre. Bel exemple pour ta fille adolescente qui t'imite évidemment. »

L'adolescente se marre, se retourne, essaie d'attraper encore un petit peu de sommeil, recroquevillée dans son duvet la tête posée sur l'épaule de son père. Câlinerie à eux depuis toujours. Le coup de l'exemple, elle le connaît depuis longtemps. Parfois elle le laisse aller jusqu'au bout, ça peut aller jusqu'à un : « Merci, merci d'abîmer cette enfant qui, je te le rappelle, est aussi à moi. »

Et reniflage de moi. Dès que je bronze, je pleure facilement. Ça n'est peut-être pas démontrable scientifiquement mais c'est comme cela.

Mais depuis deux ou trois ans, ça ne va plus jusque-là, parce que l'adolescente se dresse et fait revenir le calme.

« Vous savez ce que vous avez tous les deux ? FAIM. Allez debout, mais on mange avant. »

Car elle sait que le fin du fin c'est de partir à jeun : parce que c'est plus dur.

Triomphe de la jeunesse. Elle a réussi à instaurer un petit déjeuner, ce que moi, pendant près de quinze ans, je n'ai pu obtenir.

La tasse de Nescafé froid avalée sans sucre et en cachette mais que bien sûr il voyait toujours. Ce que ce café bu en cachette a pu avoir d'importance pour moi, il le savait si bien que sa colère était aussi forte, aussi méprisante que s'il m'avait trouvée dans les bras d'un danseur mondain – ça existe toujours ? Je l'ai vu blanc de rage, yeux tirés par la colère. « Boyau. »

Et puis, progrès ? Lassitude ? Vieillesse ? Meilleur appétit ? Il s'est laissé amener vers un repas le matin de temps en temps. L'ai même vu se faire une fête d'une soupe de crabes ou de spaghettis aux coques, mais moi, il me faut toujours mon Nescafé et il est toujours meilleur lorsque je me cache. Et lui, il le voit et il me regarde avec un petit peu de mépris, dans sa lèvre inférieure, mais il est las. Il est las de cette lutte et moi, comme une imbécile, prends ça pour une victoire et me redresse.

La mer me pèse tant qu'elle me pousse à de bien grandes petitesses. Et parfois même, je dis quand il me surprend :

« Comme tu es laid. » C'est vrai qu'il est laid en vacances et ses peaux brûlées sur le nez qu'il s'obstine à ne pas vouloir retirer. Je le déteste même souvent, lui, pour qui, dès la rentrée, je me réveillerai les nuits et me saoulerai de le regarder, entrailles houlées par l'horrible désespérance de savoir qu'il va s'abîmer, que son sourire va se figer, sa peau se nacrer, se marbrer.

Jamais je ne pense à ma vieillesse mais à la sienne. Comment il va l'accepter. Et j'invente et je prie des dieux auxquels je ne crois pas pour que lui, rien ne le touche.

Journée chaude, très chaude. Nous accusons la fatigue du dixième jour. Tous les trois dans la tente. C'est exceptionnel. Il va être quatre heures, la soirée sera douce. Nous dînerons avant la nuit, les provisions sont là, à l'abri. Et puis nous nous couvrirons quand la fraîcheur viendra et serrés tous les trois, regarderons les étoiles, moi, pas longtemps parce que le bonheur m'endort.

En ce moment, lui, il fait le lotus mais jambes pliées d'abord parce que c'est plus dur et puis parce que autrement il ne tiendrait pas dans la tente. Il pense, à moins qu'il ne somnole, tout bêtement. L'enfant a trouvé une touffe de poils en nylon orange et bleu. Elle joue à les assembler. Elle a toujours su faire des petites choses avec ses mains.

C'est joli ses petits doigts précis, précis, avec ce visage d'enfant concentré, penché pour réussir parfaitement des petits riens. Moi, je tricote de la tête à vide une fois de plus, suis allongée, le visage tourné vers la porte. Tiens, une dame avec une robe à fleurs, un petit sac à main, de gros nénés, un chapeau en tissu éponge rose sur ses cheveux un peu blonds, un peu noirs, très jaunes du bout. Elle se penche et, à travers la moustiquaire, essaie de voir ce qu'il y a dans la tente. Je me secoue, voilà où ça me mène mes petits tricots de bonne femme.

Voilà que j'ai des mirages et quels mirages ! Il a raison, je devrais employer ma tête à quelque chose. L'emplir. Encore une, toute en bleu, avec un appareil photo comme un cache-sexe. Elle se penche, clic, photographiée.

Il se redresse, les doigts de l'enfant s'immobilisent. Lui : « Tu as vu ce que j'ai vu ? Entendu ce que j'ai entendu ? » J'aime mieux ça. Je croyais vraiment qu'à faire le vide très facilement je m'étais donné une maladie embêtante dans la tête. On se lève. C'est la panique, la petite veut une culotte. Qui lui a jamais appris qu'il fallait avoir une culotte en public ? Pas nous, mais hélas, elle sait qu'il le faut. Sa culotte lui est aussi nécessaire que moi mes lunettes pour se mêler au monde, lui rien.

C'est tout simple, ces dames font partie d'un groupe pour lequel était prévue une visite à la grotte des veaux ; le bateau a eu un petit quelque chose et le guide qui savait que nous campions là : « Comment ?

– Oh ça fait chaque été que je vous vois. »

Ô solitude ignorée de tous… Ô nudité…

« Alors, j'ai pensé que ça les amuserait ces dames de voir des fans du camping en petit bateau. » Eh ben voyons… elles étaient trente, trente qui ont fait la même petite courbette devant la tente pour voir dedans… et pétrifiés nous les avons regardées nous regarder. Et puis, il s'est dressé, j'ai bien essayé de dire qu'elles n'étaient pas dérangeantes que c'était absolument exceptionnel. Qu'il était tard. Que la mer était mauvaise – ça je le dis de toute façon. Il a fallu tout jeter dans le bateau et partir parce que ça « n'était pas tolérable, il va leur vendre des bananes et demain elles nous les jetteront ».

Et la mer n'était pas calme et le bateau mal chargé et nous avons coupé au plus court, là où il y a de sales petits rochers à fleur d'eau et la nuit est descendue trop vite…

Je ne peux plus le laisser décider de notre vie. Nous sommes trois. Certes il est remarquable et il ne fait jamais rien de bas… il dort. Le naufrage a été dur. Il a dû tirer le bateau qui s'emplissait. Pas le temps d'écoper, il fallait aller plus vite que les vagues qui le jetaient sur le rivage et plus vite que les vagues qui s'engouffraient dedans.

Il dort. Il a fait un plancher de bois avec des épaves et posé une toile dessus. Pas même un plat pour poser la tente. Nous sommes trempés. Avons froid. Les vêtements, les duvets regorgent d'eau. Cette fois-ci, je téléphone à l'avocat du prochain village… et ces bruits, qu'est-ce qui tombe ? des oiseaux ? Deux chocs sur la toile là, juste au-dessus de sa tête… C'est la falaise qui s'effrite et nous, nous dormons dessous et allons mourir là, écrasés, et personne ne le saura jamais. Si on s'en sort, dès demain, je couperai par la montagne et j'appellerai ma famille, qu'elle alerte les autorités. Non l'avocat seulement et une fois de plus, je suppute la pension alimentaire que j'exigerai à genoux, les mains en petit panier au-dessus de sa tête pour arrêter les cailloux…

« Bonjour, bien dormi ?

– Oui, merci mais je dois te dire, je veux divorcer à la rentrée cette fois, c'est irrévocable.

– D'accord, mais pour l'instant, tu vas chercher une arapède, avec tu attrapes une rascasse (une rascasse, pas autre chose), tu l'enfiles, la tricotes dans l'hameçon de la ligne de fond et puis tu prends le petit kayak et tu la poses au large. Au droit, d'ici à trois cents mètres.

– Non, je t'ai dit que je voulais divorcer. »

Œil réprobateur.

« Et en quoi ça t'empêche d'aller poser la ligne de fond ?

« C'est pour la rentrée de toute façon, alors ça ne t'empêche ni de pêcher, ni de ramer surtout parce que les muscles du ventre cette année…

– Mais on n'a jamais rien attrapé avec cette foutue ligne de fond, des algues et peau de balle.

– Ne sois pas grossière, je t'en prie.

– Je vais te dire tu es un sadique et avec l'âge ça relève de la pathologie, dictateur au petit pied, tu te sais physiquement le plus fort ou alors tu joues sur ton âge et puis tu es laid, laid, mal rasé et écaillé de partout et discuter avec toi m'est intolérable, oui je sais, je suis lâche, j'y vais poser ta ligne de fond. Pendant ce temps-là, je ne te subirai pas. Et puis, non, je pars en mer mais je ne mettrai pas cette ligne, j'ai horreur de faire quelque chose qui ne sert à rien.

– Qu'est-ce que ça peut faire, c'est beau d'aller en mer seul. Et puis je veux te voir. Tu es belle quand tu rames. Tu te découpes comme un tanagra de poche, allez va! » Petite claque sur les fesses.

« Mais puisque je divorce à la rentrée, cette fois, c'est vrai, il faut que tu l'entendes. Je ne t'aime plus.

– Eh bien justement, donne-moi encore cette joie, parce que moi je t'aime rudement pour te pousser comme ça. Couleuvre obèse. »

Et j'y vais en reniflant.

Sept jours que nous sommes là, bloqués. Cette fois, les allumettes ont perdu leur soufre dans le naufrage. Les vêtements ne veulent pas sécher, trop imprégnés de sel. Nous nous sommes finalement échoués sur une plage où la mer rejette toutes ses épaves. Nous, en prime. Ça vexe le Maître visiblement. Si nous avons accosté là, sa volonté, son sens des vents dans les tempêtes n'y sont pour rien, puisque tout arrive sur cette plage, même un reste de sous-marin de je ne sais quel débarquement avorté. Nous trouvons l'eau douce dans les rochers. Elle y stagne. Avec une chemise de l'enfant, je la filtre, les

larves de moustiques sautent : « Qu'est-ce que ça peut faire, au soleil, tout est propre.
– Qu'est-ce qu'il ne faut pas entendre ! »

Depuis trois jours, nous vivons en suçant une couenne de lard mais le comble du comble c'est que nous n'avons pas tellement faim, le soleil nourrit, c'est sûr… accalmie… Dans la baie, une autre année, il avait repéré une trace humide sur un flanc de rocher il va aller voir, c'est sûrement une source. Il emmène des joncs, fera une tresse et la goutte d'eau coulera ainsi drainée vers une bouteille qu'il fera tenir sur la paroi. « Comment ?
– Tu veux de l'eau, non ? » Il part avec sa fille, ne désire pas ma présence, je suis trop morose et d'une aventure merveilleuse, je ne vois que les petits à-côtés. J'erre sur la plage, ramasse une jambe de plastique d'un baigneur, un bras, j'essaie de reconstituer une poupée pour l'enfant. Je les vois, ils pêchent à la traîne dans la baie. Je les sens calmes et me détends. Je le devine, il escalade la montagne, il cherche le filet

d'eau, l'enfant sait maintenir l'équilibre, faire ce mouvement de balancier qui fait tenir le bateau sur place. Moi, je dérive tout le temps. Calme, détendue au soleil, j'ai décidé que demain je traverserai la montagne, je finirai bien par trouver un village et des provisions. Je prends des forces. Me redresse, j'entends la mer, le bateau arrive mais c'est l'enfant qui rame, de temps en temps, il donne un coup, mais sans force, il est courbé et réussit très difficilement à faire accoster le bateau, l'enfant sort, pas lui…

Il est vert sous son hâle. De grosses gouttes de sueur sur son visage… d'une main, il tient son bras gauche, il sort et, avec difficulté, marche.

« C'est un gros poisson que j'ai pêché pendant que Papa cherchait l'eau. C'était lourd, j'ai appelé. Papa a dit, ça mord drôlement, il a tiré le poisson, m'a crié de "m'écarter". "On dirait une grosse vive", il s'est approché et puis le poisson a fait un saut avec son dos et ça a piqué Papa à la main, alors il m'a dit : "C'est bien une vive" et puis après il a dit :

"Je crois que j'ai un petit quelque chose qui ne va pas, on va rentrer vers Maman." »

Voilà, on l'a le pépin. Toutes les histoires de piqûres de vives qui traînent dans les villages me reviennent « comme ça, d'un coup il est mort », « dix fois comme le venin d'un serpent que c'est fort son dard à la vive ».

« Sept heures qu'il s'est roulé au fond du bateau et c'est un dur », « et c'est rien, mais quand ça passe au cœur, là, c'est quitte ou double… »

Rien. Nous ne pouvons rien faire. Il s'efforce de sourire à la petite :

« Va jouer avec la poupée que Maman a faite. »

J'ai collé les éléments du corps avec du goudron… la colère me monte : « Tu vas mourir là comme un animal mais tu vois comme c'est con. » Mourir, il veut bien mais sans mes colères, je cherche fébrilement dans mes petits trésors. Je traîne toujours des suppositoires pour endormir. J'ai toujours peur que l'enfant ait mal et c'est lui. C'est un magma huileux. Je me calme, ne l'engueule plus, je pleure de rage mais remodèle tant bien que mal les suppositoires, il m'écoute, me croit toujours quant aux médications après… Il marche, va au loin, veut avoir mal tout seul. Le vent a repris, moi, je l'entends hurler dans le vent, lui a toujours prétendu que c'était faux, que j'avais inventé ces cris et que je les avais mêlés au vent. Au bout d'une heure, il s'assied, épuisé, le venin passe au cœur, il s'essouffle, nous attendons, muets, graves, tous les deux. Il me regarde comme un enfant qui a fait une bêtise et qui subit, accepte la punition. La crise de sueur est au plus fort. Son souffle est court, saccadé, avec des manques.

Et puis, ça s'apaise, le venin est passé, le cœur a tenu… Son bras est endormi, la main, noire, déformée, il sourit un peu :

« C'était une belle vive », et s'endort, le bras raide. Une couverture roulée le long de lui, que rien ne vienne le cogner. Je lui ai donné trop de calmants, il est hébété. Une semaine, son bras est resté mort.

À jamais, son poignet est déformé.

Et depuis, les rares fois où il se fait examiner et où le médecin pense à ce qu'il est en train de faire, la tête collée sur sa poitrine, il murmure : « Tiens, un joli petit souffle extra-systolique. »

Accalmie. Douceur. Béatitude.

Le sac qui pend à l'arbre, ses liens passés en vain au piment rouge pour décourager les fourmis, est lourd de réserves. Nous pouvons tenir dix jours sans que j'aie à guetter le temps. Recroquevillée entre deux rochers, la bonbonne de gaz en équilibre sur des planches, préservée du vent par un amoncellement de planches, étraves de bateaux, épaves ramassées avec avidité sur les plages, fausse cabane de Robinson ; authentique bidonville ; je suis bien, j'épluche un petit navet tout blanc, le modèle, le caresse de mon couteau. Mon doigt tout noir contre ce petit navet tout blanc.

Ce soir, à ma famille, je leur fais une chose pure à base de verdure. C'est la fête, nous avons été au village hier. Je suis, paraît-il, hantée par la verdure : « Vous n'avez pas votre bol alimentaire équilibré quant aux crudités », étant me dit-on ma phrase-clé dès le huitième jour du campement. Dans le riz, je mets quelques haricots verts, courgettes, tout cela bouilli, puis mêlé à de l'huile et du citron. C'est merveilleusement bon.

J'aime faire à manger. Je me sens utile, nécessaire, indispensable. En fonction.

Ce qui me tue dans ces vacances, c'est que je ne sers à rien, le moindre petit moteur pousserait mieux la rame que moi, décider des lieux des emplacements de la tente, du feu, je ne sais pas. Mais, démouler un petit navet de sa coquille, le mêler, en faire une fête, ça c'est pour moi. Depuis quelques années, j'ai réussi à changer la morphologie de nos repas.

Pendant quinze ans, nos achats ont été dix paquets de pâtes, dix boîtes de singe en boîte, dix boîtes de sauce tomate concentrée, un litre d'huile et ce, tous les dix jours, environ. J'ai fait redescendre ces dix à sept et les trois premiers jours de retour de village, le riz est là et les petites poignées de verdure… je ne peux rien de plus, la forme du bateau nous interdit tout autre empaquetage alimentaire. Je peux me targuer d'une autre victoire encore : le litre de vin. C'est moi, les jours de mer forte où il me fallait faire parfois plus de vingt kilomètres à pied dans les montagnes, me perdant dans ces milliers de sentes de chèvres qui ressemblent toutes à des chemins et qui ne mènent nulle part, qui me suis mise à porter cette bouteille sur mon cœur. À faire de vrais rappels d'alpiniste, à me hisser, la faisant d'abord passer, elle, sherpa de ma bouteille.

Ce vin tiède bu dans une boîte en fer avec un oignon sauvage et ces rires fous donnés par ce vin à nos corps plus que vides : « Oh, Papa, oh Maman, saoulez-vous, vous êtes si drôles » et l'enfant ivre de nos rires, qu'elle en titube.

Lu et relu des années, le journal acheté en sortant de l'avion pour l'enfant. Puis découvert des îles mystérieuses, disparues, englouties. Des trésors, derrière des rochers qui tournent si on sait le mot dans les collections vertes, jaunes et roses, trouvées parfois dans un gros bourg.

Lu, relu parce que c'est tempête et qu'ils font des mathématiques et crient sous l'arbre et que je suis cachée derrière un buisson pour ne plus les voir eux et la mer.

Lu et relu parce que je me suis regardé à fond le blanc de Poil, et constaté que, malgré ce climat débilitant, l'intérieur de ma paupière inférieure est enfin un peu rose, signe éternel de bonne santé et que ces vacances ne me tueront même pas… Lu et relu parce que remarqué un poil à mon menton et que la quarantaine, plus le soleil, vont me faire couvrir de poils comme ces savons lapins qui exposés à la lumière deviennent pelote de duvet. Lu, relu, jusqu'à ne plus pouvoir, alors. Recherché les petits morceaux de journaux cachés sous un rocher, deux, trois ans avant, retrouvés, collés, blanchis, friables mais avec encore de petites plages de lecture possible.

D'une feuille d'un journal local qui entourait ma bouteille, il m'est arrivé de me réussir une semaine de lecture, d'abord lu dans l'ordre, les décès, les promesses de fiançailles, les convois funéraires, les succès aux examens, les transits, les retours au village pour les vacances du « fils de notre sympathique ami et collègue… »

Et puis après, lu par combinaisons, deux lignes d'une rubrique mêlées à deux lignes d'une autre ou une ligne de la page d'en face avec la troisième ligne de la page… Ça aurait même pu me prendre plus longtemps mais, fait comme ça, d'une façon empirique, je me suis un peu perdue.

C'est sûrement perfectionnable.

Mais cette revue que j'avais cachée il y a deux ans ? Sous quel rocher ? Comme je voudrais la relire. J'ai dû laisser échapper quelques lignes de réclame. C'est pourtant bien dans ce campement-là que je l'avais cachée ? Et je cherche, fébrile, derrière chaque rocher, chaque anfractuosité. Retrouvées, ses pages se sont collées, affinées, doucement, doucement, avec une brindille, j'essaie de les décoller, souvent la page de gauche s'est projetée sur celle de droite. Des signes qui ne sont plus des lettres, parfois pourtant un mot à l'envers, ici, intact, le visage d'un homme politique très, très important, sur l'aile de son nez, une projection bleue, un haut flacon et là, où il devait y avoir son corps, un dos de femme, splendide, long, long, beau photomontage. Je vais le leur montrer.

« Et si je l'envoyais à la biennale ?

– Tu n'as rien de plus intelligent à faire ? à penser ? »

La mer monte en roulant les galets, le bruit me fatigue, j'ai la nuque brûlée et le sel qui rentre dedans me torture, j'ai les jambes lacérées par les coups de maquis que je prends en marchant, les doigts coupés par ces gros couteaux que les hommes se pendent au-dessus du sexe ou sur le mollet et avec lequel protégés, magnifiés, ils s'enfoncent dans les mers, moi, j'épluche les oignons avec et chaque fois me couture à vie de filures blanches, tout comme mes jambes et mon ventre… mon ventre, l'accouchement et le fou rire de l'interne de service devant les hiéroglyphes qui jalonnaient ma circonférence :

« Mais qu'est-ce que vous faites de votre corps ?

– Eh bien – la respiration du chien – un, deux, trois, expirez – je marche nue dans la montagne bloquez maintenant – quand la tempête est trop forte et que j'ai – un, deux, trois – perdu ma robe expulsez maintenant – c'est une fille – et qu'il faut bien que j'arrive quelque part. »

Les voilà, les maths sont finies. Visages butés, ils boudent tous les deux – à moi d'être attaquée !

« Ta tête, dit-il, c'est une petite poubelle. »

C'est vrai. Enfin, disons un vide-poche, plein de petits bouts de papier, tronqués, plein de petits détails pliés, là, rangés, clairs, précis.

« Je m'en servirai un jour, si, si, je t'assure, non je ne veux pas les jeter.

– Mais à quoi pourront-ils te servir, ils sont usés, vieux ?

– Non, mêlés à des lambeaux de phrases que j'ai crues essentielles, mais dont le début me manque, j'en ferai. » Et ce beau jeune monstre qui me regarde moi, petite vieille en train de faire du tri dans mes riens. Et soudain, là, le rond de sa tête dans ma main gauche. Elle me tétait, s'arrêtait, jouait avec ses doigts sur mes seins, enfonçait son crâne dans moi pour déjà essayer sa force.

J'ai tout laissé échapper de cette époque. J'ai beau chercher, les images sont pâles, les mots absents. J'aurais dû.

Je ne savais pas qu'il fallait faire un effort, que j'aurais dû.

Que cela allait partir dans les plus jamais.

Et ils sont là, juges, juges, mal disposés à mon égard, à me regarder fouiller dans mes petits papiers mentaux.

Cette fois, c'est sérieux, nous allons mourir de faim et avant, de soif.

Tout le jour, nous avons topographié la montagne. Sur la vieille carte d'état-major, une source est notée, cerclée de rouge.

Il faut se rendre à l'évidence. Il n'y a pas de source et rien qui dans la couleur des rochers dans l'absence totale de buissons, rien, rien, qui puisse laisser penser qu'il y en ait jamais eu une.

Pas un bruit. Pas un vol. Pas un glissement d'insecte. Le silence. Le vrai.

Le soldat qui a dessiné la source a eu un mirage, c'est comme ça.

L'enfant a d'abord marché gaillardement, elle a bien dit plusieurs fois qu'elle avait soif mais quand elle a vu que nous cherchions avec le plus grand sérieux et que nous ne trouvions rien, elle n'a plus demandé. Elle sent que ça n'est plus un jeu mais une véritable opération survie : elle est merveilleuse. Elle a cinq ans.

Vers les quatre heures, elle a demandé à s'allonger un peu. Du fond de la gourde morte, nous essayons d'extraire un peu d'eau pour lui humecter les lèvres.

Et puis nous sommes redescendus. Lentement. Lourdement. En silence. Nos lèvres collées nous font mal.

Le Maître est embêté, plus qu'embêté. C'est le neuvième jour de tempête, neuf jours que nous sommes bloqués dans ce désert. Désert, le mot lui faisait hausser les épaules :

« Vous n'allez tout de même pas camper dans le désert ? »

Si sûr que les déserts n'existent pas sur notre continent que nous y avons campé.

En neuf jours, il a trouvé un trou d'eau sec en creusant, et un nœud de peau de serpent :

« C'est donc qu'il y avait de l'eau !

– Et que donc, ça n'est pas un désert ici !!! »

Vers le septième jour, un petit avion est passé. Il est revenu le lendemain, s'est attardé au-dessus de notre plage, ces vêtements épars, cette tente de guingois, cette absence de fumée l'a frappé, il a tourné, et revenu, nous a presque frôlés…

Moi – « Si on lui faisait un appel ?

– Si tu fais un geste, je ne te le pardonnerai jamais. Nous sommes très bien… il n'y a pas de problème. »

Et je fais seulement un bonjour du bras au pilote…

Le lendemain, c'est l'hélicoptère de la gendarmerie qui est venu. Sa grosse cocarde. Le visage des deux hommes.

« Je te gifle si tu appelles… »

Les bras en croix. Tout est O.K.

« Tu n'aurais tout de même pas accepté d'être aidée ? Toujours tout toute seule. N'oublie jamais. »

Au derrière d'un rocher, nous avons trempé l'enfant au calme des vagues. Elle s'est regonflée, réhydratée et a ri de nouveau.

Dans le reste de l'huile, j'essaie de griller les quelques grains de riz que j'ai retrouvés au fond du sac à dos. Se calcinent mais ne cuisent pas. Je croyais pourtant que ça pouvait se cuire comme ça…

L'enfant dort, il chuchote, grave :

« Tu sais, j'ai écouté, depuis trois nuits il y a une accalmie de deux heures avant le lever du soleil. Ça nous laissera le temps de nous avancer et à quinze kilomètres, il y a une source que je connais. »

Il parle doucement, calmement, m'explique qu'il faudra que je maintienne le bateau au droit des vagues, que sortir de la passe va être très dur. Gorge nouée, je dis comme l'enfant lorsqu'elle a peur :

« Est-ce qu'il y a du danger ?

– Oui, mais si on fait ce que je dis, on s'en sortira. »

Sourires, mains douces sur mon épaule. Ainsi, depuis des jours, il prépare notre fuite. Nos lèvres sont sèches, tirées, il a un gros bouton de fièvre, pas de roman, mais depuis combien de jours se prive-t-il d'eau ? Et la colère m'empoigne, là, muette, là, rentrée, celle qui vous laisse épuisée. Sous prétexte de vivre au-delà de tout, sous prétexte de sublimation on va mourir, là, tous les trois : « Trois vacanciers trouvent la mort en mer. L'enfant avait cinq ans. »

« Une famille trouvée morte de soif sur une plage. »

J'espère que la ligue chargée de la protection des mineurs nous fera un procès carabiné posthume.

Nous allons mourir et les plages regorgent d'hommes et de femmes qui renvoient aux cuisines l'eau qui n'est pas assez fraîche.

En silence, nous plions bagages. Ce n'est qu'au dernier moment que nous réveillerons l'enfant. Je lui proposerai un jeu nouveau, une promenade de nuit en mer. Le danger doit être encore plus grand que je ne crois et le temps qui nous reste bien court pour qu'il flanque ainsi pêle-mêle les objets dans le bateau. Il est trois heures du matin.

Il va falloir s'enfoncer dans l'eau, nager, pousser le bateau et ne s'y hisser que passé les rouleaux des premiers dix mètres, seule l'enfant sera dans le bateau. Je la réveille, sourire parfait au milieu de mon visage :

« Ah, dit-elle, on s'en va, on n'aurait pas tenu comme ça encore longtemps. »

Mes propositions de jeux nocturnes ? Inutiles, dérisoires. Elle sait.

L'eau est insidieuse. S'infiltre tiède au premier instant puis glacée. Une lampe entre les dents. Les récifs et les rouleaux passés, nous nous glissons dans le bateau. Nous ramons. Ramons, brisures de sel et d'eau sur nous, une, deux. J'enfonce ma rame à l'ordre. Je veux que cette cuillère à café devienne louche, je veux que chaque coup nous amène vers quelque chose d'humain. L'aube est là et la mer qui se regonfle et toujours pas un endroit pour accoster. Le désert, toujours le désert.

« Il faut ramer, ramer tant qu'on pourra, il faut doubler le cap. L'eau est derrière. » Je ferme les yeux et rame.

De toute façon, je n'ai jamais été le cerveau de cette petite barque. Moi, je ne donne qu'un peu de vitesse qui s'ajoute à ses coups directeurs. Le soleil se lève, nous sommes au droit du cap… et la mer explose. Des gerbes d'eau, de la nouvelle houle ajoutée à de vieux restes de houle, nous filons, déportés aux crêtes des vagues…

Le cap est doublé et la crique qu'il cherchait est là. Je la reconnais. À cent mètres de la plage, dans une touffe verte il y a une fontaine et des libellules et des oiseaux… des lézards ivres, gonflés d'eau qui digèrent sur la petite margelle de pierre. Je m'en souviens et des petits morceaux de marbre sur le chemin que nous suivions il y a des années.

Nous accostons, mal, mais il ne dit rien. Mieux, il sourit :

« Bravo, tu as été bien. »

Et il rit à l'enfant.

Et voilà, chaque fois que je meurs dignement, il m'aime. Boire, monter à la source.

D'énormes bulldozers jonchent la plage. Une voie, royale, lacère la montagne et se meurt en un vaste parking jusqu'à la mer. Plus loin, des grues abandonnées, une goulée de terre dans les griffes et des pioches inertes… Personne. Une pancarte : « Pour vous, nudistes du monde entier, nous préparons un camp où vous serez heureux, libres. »

Le texte est répété en plusieurs langues.

L'eau n'existe plus. Écrasée par le chemin. Disparue la sente lourde de parfums, pleine de bruissements, d'insectes… et le berger qui vivait là depuis toujours, parti.

Monter, attraper la route là-bas, petit lacet blanc au loin derrière une cascade de sommets… est la seule solution. Le soleil est fort, il va être implacable. Je ris. N'ai plus peur. Sur terre, me sens la maîtresse, le chef, lui, par contre, accuse la fatigue.

Nous marchons, marchons, trois ? cinq kilomètres ? Nous marchons, un homme : « S'il vous plaît, monsieur, y a-t-il un village par ici ? »

« Oh, pas loin dans les trois, quatre kilomètres au col, y a une auberge mais je ne sais pas si c'est ouvert, c'est fête aujourd'hui et il n'est pas loin de midi. »

Aller plus vite. Arriver. L'enfant est sur les épaules de son père. Elle somnole. Nous marchons de travers. Fatigue. Jamais, il n'a fait aussi chaud.

L'auberge. Une dame juchée sur de grands talons rouges est en train de fermer sa porte, elle allait partir à la fête ! Mais a dû voir que c'était une urgence car elle nous a laissé des œufs, du fromage, du vin et montré où cacher la clé en partant.

« C'est la seule fois de l'année où il y a un bal, alors je peux pas manquer ça. »

Jamais, jamais, nous n'avions aussi bien mangé. Jamais vin ne fut si bon. Et l'enfant, l'enfant pour qui les lois de diététique sont encore respectées a bien dû manger trois, quatre œufs au poivre noyés dans l'huile et un pichet de vin. Et puis nous avons dormi le long du mur de l'auberge jusqu'au soir.

Ballet de bateau. Le bleu, l'orange, toujours montés, hissés trop haut contre un raz de marée hypothétique, puis redescendus à travers des rochers où les pieds ne trouvent pas d'appui.

« Ne tire pas comme ça.

– C'est toi qui pousses. » Évidemment, évidemment…

Voilà, je me suis écrasé le nez du kayak sur le doigt en le posant. Je me plains. Fort.

« Qu'est-ce que tu as ? » Agacement dans la voix. Il est toujours irritant de voir quelqu'un se faire mal et marrant de voir quelqu'un se foutre la gueule par terre, je le sais, mais j'explose parce que à vrai dire la mer n'est pas cââålme, que j'ai peur et que je cherche l'incident et puis aussi que j'ai mal au doigt et que le bout est déjà noir.

« Merde, je me fais mal avec ta saleté de bateau et tu... »

Visage tiré d'asiate, les cheveux se couchent à l'arrière. C'est l'orage.

Il ne supporte pas merde au visage... alors je suis laide (c'est pas tellement vrai) grosse (assez vrai) je ressemble à... et je deviens vulgaire comme... exemple pris dans ma très proche famille mais ça je m'en fous, d'ailleurs physiquement, curieusement, je ressemble à la sienne ! en me choisissant, c'est lui qui n'a pas su s'écarter de son cercle.

Après ces flambées de mots, cela se terminait les quinze premières années par un : « Je pars seul, merci. » Puis maintenant : « Seul, avec ma fille. »

Mais si la mer, durant tout ce temps perdu, a vraiment gonflé, il cherchera noise à l'enfant. Il ira même jusqu'à un : « Je te laisse ta fille », qui fait glousser ladite fille.

Mais maintenant qu'elle adolesce, il a trouvé une phrase-clé digne, après un dernier regard vers la mer avant de se priver d'elle il énonce, docte : « Fais tes maths. »

À croire que les adolescents n'aient rien d'autre à apprendre.

Le pire est qu'il semble que ce soit vrai.

Apprendre les mots, jouer à les bousculer, les mêler, les trier, fabriquer une image. Ça n'est plus vital. Ça ne mène nulle part.

Mieux, faire cela, c'est faire des structures d'ordre.

De la mathématique appliquée.

Il est parti, le dos boudeur, comme dit sa fille. Pas un salut, mais un regard filé pour bien contrôler que ses femmes sont sur les rochers à le regarder s'éloigner.

Pour moi un soulagement énorme de dix minutes puis les jumelles dont je n'ai jamais su correctement me servir et le guet qui commence.

L'enfant est mécontente. « Il n'y avait pas vraiment de danger c'était pas la peine qu'il se fâche contre moi. J'aurais très bien pu y aller dans cette mer-là. »

Et il reviendra, le bateau plein d'oblades, les genoux arrachés parce qu'il aura voulu accoster là où on ne peut accoster, le visage blanc de sel, coulé là où officiellement cette année il n'y a pas encore de ride.

Il m'a vue sur les rochers, proue guetteuse. Me sait angoissée froide de crainte. Je ne sais, ne peux accepter ces vagues qui le couvrent sans cesse. Je le vois, l'entends, il hurle de joie lorsqu'une vague exceptionnelle arrive sur lui. Pour moi depuis vingt ans, c'est toujours la même terreur, je suis là, je guette. Donc, je l'aime, alors il repart le salaud droit sur la haute mer.

Je tremble depuis vingt ans, il le sait mais veut m'en guérir ou alors il s'en fout et c'est là, de guingois, sur un rocher, les yeux plissés, usés, à force de le guetter que j'organise mes divorces. Je le hais. Et puis une vague trop forte, et cette fois je ne le vois plus et le bleu de son bateau est trop pâle et du sel sur mes lunettes et tout se brouille. Ça y est cette fois il a coulé. Et toutes ces goulées d'amour que je n'ai pas données et maintenant je suis veuve.

Ma chienne me ressemble. Elle a une peur terrible des vagues, de la tempête, du vent et ose le montrer, le dire, le hurler même. Et parce que c'est un petit animal, charmant, et qu'il ne faut pas la « traumatiser » (et moi ?), on la cajole, la console, mieux, lorsque l'on part pour les promenades inutiles, où on risque sa peau pour rien, on la laisse, attachée à l'ombre avec de l'eau fraîche à portée de gueule.

Et à quatre pattes chacun vers un point différent, nous nous sauvons vers la mer pour ne pas qu'elle sache que nous partons, moi, on ne m'attache jamais à l'ombre avec de l'eau douce à portée de ma... moi, il faut que je sois en mer: « Pour que sa joie soit complète », pour que leurs joies soient complètes. « Mais si Maman t'aime ça, t'as pris l'habitude de dire le contraire. »

Chaque fois que l'on accoste quelque part, je trouve cela magnifique et regrette de ne pas connaître de mot plus fort. Tout est Magnifique. Cette absence de rocher plat. Ce manque d'ombre total. Ces rochers noirs qui à la nuit prendront des formes angoissantes et ces bruits, ces bruits qu'il y aura dans les fourrés. Tout est merveilleux, tant je suis soulagée d'être arrivée quelque part.

Une année, avons emmené avec nous une petite camarade de notre fille. Pour qu'elle ne soit pas seule avec deux adultes. Elles ont sept ans. Chacune un passé de sept vieux ans, avec des acquis, des conventions qui ne sont pas les mêmes. Elles ne se supportent pas. Un enfer. C'est la nuit. Elles viennent de s'endormir. Nous sommes arrivés ce soir sur un petit îlot en pleine mer exceptionnellement vert et plein de nids de mouettes.

« Vous voyez, je sais où trouver de beaux endroits pour camper. »

Je marche un peu, la mer est muette pour une fois et je peux presque croire que je suis à la campagne. Des dizaines de vers luisants m'entourent. Comme ils sont gros, mais ce sont des yeux de lapin et déjà je le cherche pour lui faire part de ma découverte. Tapi derrière une touffe d'herbes hautes, il me fait signe du bras, que je m'arrête. Je m'approche évidemment quand même, c'est un face à face entre lui et des dizaines de rats. Mes beaux lapins sauvages… Nous rentrons dans la tente, moi déçue, lui inquiet, muet. Je le vois chercher dans ses livres et puis sa lampe électrique… Je m'endors… Suis réveillée par des grattements, on marche sur la tente et lui dit :

« Écoute, écoute, c'est merveilleux, tu sais que les rats sont les animaux les plus intelligents – mais si, tu le sais (agacé) alors, attends je vais te lire. »

« Ils vivent en groupe et lorsqu'ils attaquent, deux sont désignés et commencent à se signaler en faisant du bruit… Ça y est. Ils ont décidé d'investir, j'ai regardé par la lucarne, ils sont en train de se mettre en place… c'est formidable, non ? »

Je me penche, des centaines d'yeux nous cernent…

« Mais tu ne vas pas lire comme ça jusqu'au bout, il faut faire quelque chose, ils vont manger les enfants. »

Il n'y avait pas pensé, trop occupé à vérifier la théorie. Du bâton que nous avons toujours sous la tente, il tape. Cavalcade. Fuite.

« Attends, on va voir. Normalement, ils devraient revenir par-derrière dans une dizaine de minutes. »

Silence, seules les respirations des deux enfants. Les revoilà…

« S'il te plaît, il faut arrêter l'expérience, il faut s'en aller !

– Mais ils nous attaqueront, si nous sortons.

– Est-ce que vraiment les rats attaquent ?

– D'après mon livre, oui.

– Être dévorés en sortant, ou sur place ? »

Nous décidons de tenter une sortie à l'aube et toute la nuit nous tapons sur le toit de la tente, ils se calment, montre en main, dix minutes, puis repassent à l'attaque mais de plus en plus nombreux. À l'aube, décidés à nous faire mordre mais en les voyant, nous sommes sortis en portant les enfants endormis.

Les rats étaient aussi excédés de cette attente que nous car à chaque piquet ils rongeaient les ficelles afin que la tente tombe.

C'est en courant et en faisant beaucoup de bruit que nous avons pu arriver aux bateaux.

Au village, lorsque j'en ai parlé, ils étaient effarés :

« Vous avez campé à l'île aux rats ? »

Juste sur l'îlot, où des marins au siècle dernier avaient trouvé de l'eau douce, et creusé un puits pour que les pêcheurs de toute la baie puissent s'y approvisionner. Puis les rats étaient arrivés, comment ?

Alors, le puits avait été bouché mais les rats s'y sont construit une ville souterraine et depuis c'est là, les savants le disent, où il y a la plus grande concentration de rats de la Méditerranée.

Tempête, trois, six jours. Ne sais plus si la tempête est là ou dans ma tête. Concession. Nous allons à la source à pied. Cinq kilomètres dans le maquis. La source, les roseaux de drainage, la mer a tout arraché, balayé, il faut recommencer. Nous les femmes devons faire un rempart de granit à l'eau. Que cette gosse est costaude, me croyais un cheval et excusais ainsi ma morphologie trapue mais elle est là, gracile et porte des charges vraiment très lourdes. La source est remise en état. Maintenant, attendre que la vache soit pleine. Un litre à l'heure. La vache contient trois litres d'eau, deux pour cuire les pâtes, un pour boire, ça nous fera un jour et demi. Durant trois heures, il va nous falloir rester accroupetonnés sur les rochers pointus.

Nous sommes arrivés à cinq heures du matin, la réfection de la source nous a menés jusqu'à midi, le soleil aura presque fini sa journée quand nous repartirons pour nos cinq kilomètres à travers le maquis, la vache sur le dos et nous devons revenir demain après-midi.

« Mais pourquoi que vous n'allez pas là, plus haut ? Les Italiens pendant la guerre, ils ont arrangé une source. Y a un bouchon, remettez-le bien, elle est très fraîche. »

Cela fait dix ans qu'on nous a dit cela, dix ans que nous connaissons l'existence de cette source aménagée et dix ans qu'à cet arrêt nous créons notre source à nous… « Nous ne sommes pas des profiteurs de guerre. »

On rit au village. « Alors cette source des Italiens, vous ne l'avez toujours pas trouvée ? »

Comment leur dire qu'il aime nous donner à boire, être celui par qui l'eau vient ?

Ils font évidemment des mathématiques ; nus, pattes écartées, les fesses aplaties par une planche qu'ils ont glissée entre leurs postérieurs et les rochers et se disputent à coups de vecteurs et de bijections.

Pas un point d'ombre, pas un rocher plat et mes fesses déformées qui n'en peuvent plus et ce bruit, ce bruit que je garde dans les oreilles des jours après être retournée dans le monde : « Écris quelque chose, ne guette pas les secondes, qui s'en vont pour rien. » Je ne sais pas écrire comme ça, il me faut une table, le silence, ma chaise, des pommes et des petits crayons bien affûtés. Haussement d'épaules. « Tu ne feras jamais rien », c'est sûrement vrai. Ces journées dont je n'arrive pas à voir le bout encore une journée mal prise et j'en ai comme ça des paniers pleins et des pauvres petits mots sans échine, sans relief, sans saveur dans ma tête, je joue bien un peu à cloche-pied avec ou à greli-grelot mais vraiment ça ne donne rien qui mérite d'être noté. C'est fini, plus jamais je n'écrirai. Un métier à la rentrée, voilà ce qu'il me faut, un vrai métier avec des horaires, des patrons, des sous-patrons avec qui je serai polie, déférente et ainsi mon existence sera justifiée.

Bon dieu ce regard. Il a épousé ça. Vingt ans de sa vie à éduquer, modeler pour obtenir ça.

C'est fini, le désintérêt et lorsque l'enfant sera un peu loin murmure « Nous vivrons comme ça, indifférents…

– C'est ça et comme ça moi, je boirai des whiskies sauer sans eau… »

C'est idiot.

Ça n'est plus de mon âge. Je sais. Mais cette sériosité de lui ces stages de cinq, six heures, accroupis à deviner les gouttes m'ennuient, m'exaspèrent et me désespèrent… Et puis quand même des heures et des heures après apparaît une petite lueur dans son œil.

Alors on recommence.

Parce que je veux être gentille et parce que nager est bon pour moi je nage et bois de l'eau par le nez la bouche et les oreilles.

Mes palmes me font mal et si je mets mon masque suis terrorisée parce que je vois. Les algues ont des frémissements qui me glacent et les murènes des ondulations qui me pétrifient. Hadès gluant. Mais si je ne porte pas de masque je ne vois rien, m'invente des monstres et c'est pire.

Mais aujourd'hui je nage.

Je vais nager et compter sans penser à rien d'autre qu'à étirer mes jambes et mes bras. C'est bon pour ce que j'ai. Je vais compter jusqu'à cinq mille, enfin la moitié mais je dirai que j'ai compté jusqu'à cinq mille.

Je nage. Ça ne va pas trop mal.

Un petit plateau roulant bringuebalant lourd de boissons fraîches. Du sirop de framboise dans de l'eau glacée, le sirop saisi hésite à descendre et à se mêler à l'eau. Je ne nage pas si mal que cela j'ai même des mouvements assez efficaces. De grands tilleuls, un fauteuil blanc, une dame y est assise, sous sa tête un petit coussin de la couleur des feuilles ; le livre qu'elle a lu est à terre ; à côté la capeline et son ruban marron, elle sourit la dame… joue à dormir le visage un peu de biais menton relevé ; elle sait qu'elle est jolie de ce côté-là. C'est moi. Pourquoi pas ? Autour d'elle il y a d'épais murs qui abritent le jardin. Tout y est ordre. La petite planche de haricots verts a la même taille que la planche de laitues, seules les fraises ont sauté le muret et envahissent un peu les sentes. C'est toujours permis aux fraisiers, ça. Sous la tonnelle la vieille demoiselle, assise, écosse des petits pois, cueille des framboises et des haricots verts. Précise, elle les répartit dans trois grands bols j'en suis à combien ? Je dois avoir dépassé les cinquante sûrement et puis je me place mal et une vague exceptionnelle arrive. J'avale de partout. Ça y est cette fois je me noie. Ça devait finir comme ça. Mais pourquoi est-ce qu'il me force puisque je n'aime pas la mer ? Ça va être fini. Encore une vague et je suis perdue je ne sais plus aucun mouvement, m'affole me recroqueville, arrache mon masque, appelle hurle que je coule. Je ne les vois plus j'ai nagé trop loin ils n'ont pas suivi avec le bateau.

Ils m'ont abandonnée.

Je ferme les yeux tends les mains cherche le bateau il est mon havre mon jardin.

Je le touche me hisse... et les deux autres les deux étrangers qui rient...

Cette année nous traversons la mer en ligne droite. « Vous verrez : quatre jours de rame, dix heures par jour, pas de problème ça sera magnifique. J'ai tout calculé et là il n'y aura personne. » Je tente bien quelques « j'ai lu que des bombards... des navettes » un club « un prince »... vétilles rejetées. Non c'est sûr, il le sait, le sent, ça sera un paradis désertique, avec peut-être, ça c'est pour la petite, des bêtes inconnues... à moins qu'il n'y croie. Quatre jours dix heures de rame à trois. Nous ne parlons plus, dents crispées, un petit vent à fleur d'eau qui vous arrache la rame des mains et vous la flanque dans la figure au moindre moment d'inattention ou de faiblesse du poignet. Au bout de cinq six heures la chienne sort son nez de la coque. PIPI à bout de bras, écartée du bateau pour ne pas souiller la toile. Elle ne veut pas. Suppliques. Menaces. Cajoleries. On la rentre dans la coque. Elle geint. Je me demande si c'est une légende ces arbres en caoutchouc pour autoroutes et chiens sensibles et si c'est vrai où ça s'achète ?

Au soir du troisième jour nous arrivons aux îles. Ça faisait bien quelques heures que je voyais des yachts faire route vers elles mais…

Les îles se détachent, comme des ombres chinoises, mais moi qui suis à l'avant et qui ne quitte pas mes lunettes affirme que je vois des petites choses bouger sur les arêtes. « Mais non, mais non c'est la fatigue ou alors des cochons sauvages. » Nous continuons plus vite. Le vent comme toujours lorsque l'on approche d'une côte se calme. Un petit chenal, nous entrons et à l'instant une flottille de bombards nous encerclent. Des pêcheurs à la ligne occupent chaque pointe, et dans chaque interstice de rochers au moins une tête et puis des tentes, des cabanes style « ça me suffit » ou « mon Tahiti à moi ».

Pas un endroit où se poser. Il cogne le bateau, quand rien ne va plus il est prêt à le démolir. Nous nous arrêtons dans un coin qui sent l'algue pourrie et autre chose. Sur trois mètres carrés il n'y a pas de tente. Nous repartirons demain, il faut dormir. La chienne saute, avale un étron et se précipite vers nous pour une caresse.

Nous avons accosté dans les tinettes de l'île.

Muet de rage, chacun fait ce qu'il doit. J'ouvre au hasard une boîte de conserve; l'ouvre-boîtes se perd dans les algues, n'ai pas le courage de le rechercher. C'est une boîte de tripes. Infectes, jamais je n'ai acheté ça. Comment est-ce venu dans mes provisions?

La tente est de guingois.

À l'aube la tempête est là, mais dans l'autre sens, les vents ont complètement tourné.

Je pleure de rage, de dépit: si tous ces gens n'avaient pas été là nous aurions pu rester.

La tempête est au plus fort mais il nous faut doubler le cap là où il y a dix ans notre fille a nagé pour la première fois sans bouée; là où il y a quinze ans nous avons vécu, nus, seuls un mois; là où il y a treize ans il a tué un mérou et ne se l'est jamais pardonné ; là où la mer s'enfonce, lac paisible, au cœur de la montagne et où à l'aube les poulpes du printemps jouent à s'y faire jeter rejeter par les vaguelettes et qui lorsqu'on les croit épuisés et que l'on s'approche, avides, d'une pirouette repartent vers le large ; maintenant il y a des maisons, des « bungalows » et un monsieur avec une sacoche qui passe pour faire payer une location de sol aux campeurs.

Il faut doubler ce cap.

La mer est si forte qu'il y a des creux de plus de quatre mètres. Il passe un filin entre son bateau et celui où nous les femmes sommes.

Nous ne pouvons pas dans ces vagues contraires tenir le cap, il va nous falloir quatre heures de lutte pour le doubler.

Il se retourne, hurle des ordres que nous n'entendons pas.

L'enfant ne demande pas s'il y a du danger. Elle sait qu'il y en a. Elle rame sec, net sans dire qu'elle a mal aux bras.

La chienne est sortie, a arraché le pontage mais terrorisée par les montagnes d'eau entre lesquelles nous nous faufilons rentre et coincée entre mes jambes grelotte tremble se recroqueville geint et couche sa tête contre ma cuisse ferme ses yeux et attend je crois la mort.

Tandis que je rame l'enfant écope, nous avons de l'eau au quart du bateau ce qui nous alourdit encore puis j'écope et elle reprend ses rames.

Le filin va casser, nous sommes au sommet d'une vague sur le point de passer, il faudrait donner un grand coup mais lui, lui s'arrête et nous reculons. Trois fois nous remontons la crête trois fois nous sommes sur le point de passer trois fois nous reculons.

Il est devenu fou. Il s'arrête pour regarder la beauté de la mer en folie je ne vois pas d'autre hypothèse.

Nous passons.

Puis sommes propulsés vers la plage et il faut se jeter à l'eau pour essayer de ne pas être écrasés par les rouleaux. Tout notre corps tremble. Et pour la première fois je le vois ne pas s'occuper de son bateau qui est beaucoup trop près des vagues et de biais.

Il s'allonge, tous les muscles noués.

L'enfant et moi pensions ramer de toutes nos forces mais les vagues étaient trop contre et beaucoup plus fortes que notre poussée et c'est lui avec le câble qui nous tirait…

« Mais alors, ai-je demandé plusieurs jours après, pourquoi n'avons-nous pas rebroussé chemin ? »

Haussement d'épaules. Résigné.

Je n'ai encore une fois rien compris.

Durant deux jours avec une plaquette de bois je lui ai tapé sur tout le corps.

Plus rien de lui ne voulait bouger.

Je tapais à petits coups secs avec l'envie de faire à son corps ce que l'on fait aux pieuvres pour briser leurs fibres nerveuses, jetées, reprises, rejetées sur un rocher plat jusqu'à ce qu'elles deviennent souples. J'en rêve la nuit… Quand pourrai-je ? Mais il est trop grand trop lourd.

Je n'ai décidément aucune fierté devant ce genre d'exploits « si on loupe c'est la mort bête.

– Non c'est la mort belle. »

Au calme des mois après, je demande « mais enfin cette île comment as-tu pu croire qu'elle serait déserte ?

– Là n'était pas le problème. Je voulais savoir si on pouvait y aller à la rame, j'avais lu qu'au milieu il y avait un contre-courant et que c'était impossible de le passer sans gros moteur… mais je me doutais bien qu'à trois on l'aurait… vous ne ramez pas si mal que ça.

Alors écoute j'ai pensé que l'année prochaine on ne prendrait pas l'avion. On partira directement du continent. J'ai bien calculé. À trois si on rame sans s'arrêter, ça ne devrait pas nous prendre plus de cent vingt heures. »

En mer
1950-1971…

1979, première réédition

Quoi ? Bien sûr que cela a continué mais il faut le dire il y a eu trêve trois ans. Il connaissait vraiment trop chaque rocher et ces hideux bombards étaient décidément trop légion (soyez remerciées vous et votre obésité flasque...). Donc il y eut trêve et nous avons eu une bergerie.

Là il a fallu creuser drainer monter des murs ramasser charroyer, à brouette, à mains nues des tonnes de cailloux pouvant aller jusqu'à s'appeler des rochers. Mais sur terre je ne crains rien.

Autant les bombards avaient joué en ma faveur autant le vidage des colonels pour, entre autres, excès d'imbécillité par leurs maîtres les Américains, autant cela a été bonheur grave pour la Grèce autant ça a été malheur pour moi. En effet de proscrit il est redevenu un citoyen fêté honoré – et le passeport arraché sans plus de forme autrefois d'être offert sur un coussin rouge…

Et la Grèce vous savez de combien d'îles elle est faite… quatre cent trente-sept sont répertoriées… et des milliers ne le sont pas… et celles-là l'intéressent beaucoup…

F. X.

1988, deuxième réédition

Si nous les avons toutes faites ? Non pas toutes.

– Si j'aime la… ?

– Écoutez, je vous ai déjà dit que « moi, j'aime pas la mer » non ?

F. X.

Janvier 1994, troisième réédition

J'ai un peu honte, cela devient presque obscène, mais malade lui, vieillie moi ; l'été dernier il a pourtant réussi à nous faire embarquer sur un de ses kayaks qui l'attend en Grèce dans l'île la plus reculée des Cyclades : déchirée, déchiquetée, pleine de trous… y accoster ou la quitter est un véritable exploit ! Il faut se jeter à l'eau, tirer le kayak, lui faire traverser les rouleaux et se hisser dedans en pleine mer.

Ce jour-là nous avions réussi et il avait décidé que nous irions jusqu'à « une île merveilleusement à l'abri de tout » atteignable en quatre ou cinq heures de pagaie… Connaissant « ses îles merveilleusement à… » et voyant la mer nous attaquer pleine face, je suis toujours à l'avant puisque je ne VEUX pas m'occuper du gouvernail – mouillée, trempée, glacée par ces petites vagues courtes tranchantes et inlassables : c'est celles que je hais le plus. Les grandes obèses apparemment molles – jusqu'à ce qu'elles vous écrasent –, les vagues de queue de houle me terrorisent moins… Connaissant trop bien ses îles merveilleusement à l'abri de tout… J'ai hurlé, j'avais décidé avant de partir, et j'en avais prévenu ma famille, que dorénavant on s'arrêterait quand MOI je l'aurais décidé et je voyais à une heure de rame un îlot qui me paraissait parfait…

Il a cédé, j'aurai dû me méfier, et force m'a été de reconnaître que c'était plus un caillou abrupt posé sur la mer qu'un îlot, abandonné même des oiseaux.

Pas un brin d'herbe. Pas une branche, un caillou constamment laminé, lavé, poli, usé par les vents et les eaux des deux côtés !

« Alors, heureuse ? »

S'il riait ? évidemment et bien sûr la tempête. Vous savez la mer Égée est encore plus perfide que la Méditerranée, elle a l'air comme ça certains jours, d'une bassine lisse et dix minutes après c'est un chaudron tout droit descendu de l'Enfer – et bien sûr, la tempête s'est levée encore plus et quatre jours et trois nuits nous sommes restés bloqués, occupés à hisser toujours plus haut le bateau tant les eaux en amont et en aval avaient plaisir à se rejoindre. Côté nourriture cinq litres d'eau et trois boîtes de sardines, une de singe (on devait s'approvisionner dans l'île merveilleuse à...).

Et encore une fois avant l'aube, dans le petit temps où la lune se couche et où le soleil tarde un rien, ce qui fait qu'il y a un semblant de calme et que le vacarme s'apaise un peu, il a fallu redescendre le bateau, le faire glisser avec une corde à pic tandis que lui l'attendait dans l'eau, hurlant que j'allais le briser (le bateau) tandis que le ressac le balançait (l'homme) contre les aiguilles tranchantes de l'îlot... Enfin sur l'eau ça a été à moi de me glisser dedans (les kayaks ont toujours la même circonférence, pas moi) et de « diriger sur place » le bateau pour qu'il lui amarre le gouvernail. Dieu que c'est lent !

Tandis que lui malade, heureux, riait, le vent nous poussait vers le fond d'une baie (il avait refusé quatre jours avant d'y aller, il y avait de la verdure, donc de la vie) et moi, vieillie, je râlais et nous sommes arrivés dans une baie silencieuse (presque) et c'est vrai aussi que tout ce que les hommes balancent à la mer dressait un mur d'immondices dans cette baie autrefois paradisiaque. Derrière... des centaines de chèvres nous regardaient, ravies je crois de la visite. C'était l'aube, heureux de pouvoir enfin marcher, nous sommes partis vers le sommet de cette montagne faite de marbre blanc, de terre rouge et de touffes de genévriers drus et entêtants... au sommet une ruine de chapelle, quelques morceaux brisés antiques… et en bas la civilisation ! une route ! des poteaux téléphoniques… un téléphone, appeler les petits-enfants, entendre un gazouillis…

Mais toujours à jeun, harassés, nous sommes repartis par la mer… un équipage n'abandonne pas son bateau comme ça, fût-il gros comme un suppositoire.

F. X.

Mars 2004, quatrième réédition

Je dois vous avouer que dans mon ajout de 1994, la traversée du cap Sounion à Amorgos que je raconte s'était réalisée en 1988. Diabétique depuis 1987, il y avait de l'insuline dans le bateau, « de la rapide et de la retard », en fonction des malaises encore contrôlables à cette époque.

Pudeur imbécile ? Je ne l'ai pas dit alors. Mais cela a été notre dernier voyage en mer. Après nous allions l'été en Corse chez nous avec nos petits-enfants, Ulysse, Gala et Mala. C'était mon rêve d'enfance que nous vivions alors… et lui souriait devant mon bonheur et le sien : sauf que la maladie avançait et qu'à partir de 1989 elle n'a eu de cesse de s'acharner sur lui, y compris quand l'hôpital lui en offrait en prime lors d'une ou deux hospitalisations. Il est mort le 4 février 2004. Usé. Il me manque chaque jour. Si je regrette ces épopées maritimes qui ne cessent de faire rire mes petits-enfants ? Pourquoi devrais-je les regretter ? parce qu'il est mort ? mais puisque moi, j'aime pas la mer ?

F. X.

Achevé d'imprimer en janvier 2007
sur les presses du

Groupe Horizon

Parc d'activités de la plaine de Jouques
200, avenue de Coulin
13420 Gémenos – France

pour le compte des Éditions Ramsay

Imprimé en France

Dépôt légal : janvier 2007
N° d'impression : 0611-273
ISBN : 978-2-84114-4-850-9